DIE THEATERREIHE

Herausgegeben von Helmar Harald Fischer

Patrick Marber

HAUTNAH

Deutsch von Helmar Harald Fischer

JUSSENHOVEN & FISCHER

Titel des englischen Originals: *Closer*

Umschlag: Frieder Grindler

Foto Marber: Andrew Palmer

Satz: Script Abeln GmbH, Köln

Druck: Franz Hansen, Köln

ISBN 3-930 226-05-7

Printed in Germany 1998

HAUTNAH

Für Debra

Personen

ALICE, in den Zwanzigern
DAN, in den Dreißigern
LARRY, Ende Dreißig, Anfang Vierzig
ANNA, Ende Dreißig, Anfang Vierzig

Ort und Zeit

Das Stück spielt in London, 1993 – 1997.

Erste Szene: Januar 1993
Zweite Szene: Juni 1994
Dritte Szene: Januar 1995
Vierte Szene: Januar 1995
Fünfte Szene: Juni 1995
Sechste Szene: Juni 1996
Siebente Szene: September 1996
Achte Szene: Oktober 1996
Neunte Szene: November 1996
Zehnte Szene: Dezember 1996
Elfte Szene: Januar 1997
Zwölfte Szene: Juni 1997

Alle Bühnenbilder sollten mit einem Minimum auskommen.

ERSTER AKT

Erste Szene

Krankenhaus

Früh am Morgen. Januar 1993

Ein Wartebereich. ALICE sitzt. Sie trägt eine schwarze Jacke. Neben sich hat sie einen Rucksack, außerdem eine braune Lederaktentasche.

Sie rollt sich den Strumpf herunter. Sie hat eine Verletzung am Bein, recht blutig, sieht sie sich an. Sie pflückt ein paar Wollfäden von der Wunde.

Sie guckt die Aktentasche an, überlegt, sieht sich um, öffnet sie, sucht darin herum. Sie nimmt ein paar Sandwiches in Silberfolie heraus. Sie wickelt die Sandwiches aus und guckt nach, was drauf ist, lächelt, legt sie zurück. Dann nimmt sie einen grünen Apfel aus der Aktentasche. Sie poliert den Apfel. Sie beißt hinein.

Als sie anfängt zu kauen, kommt DAN. Er trägt einen Anzug und einen Mantel. Er bleibt stehen, sieht zu, wie sie seinen Apfel ißt. In beiden Händen hält er ein Heißgetränk im Plastikbecher.

ALICE Entschuldigung. Hab ne Zigarette gesucht.

DAN Ich rauch nicht mehr.

ALICE Nicht so schnell aufgeben.

(DAN gibt ihr einen Becher.)

ALICE Müssen Sie jetzt irgendwo sein?

DAN Arbeiten. Mochten Sie mein Sandwich nicht?

ALICE Ich esse keinen Fisch.

DAN Warum nicht?

ALICE Fische pissen ins Meer.

DAN Kinder auch.

ALICE Kinder eß ich auch nich. Was für ne Arbeit?

DAN Ich bin Schriftsteller.

ALICE Was schreiben Sie?

DAN Also eigentlich bin ich Journalist.

ALICE Was schreiben Sie?

DAN Ich schreibe Nachrufe.

ALICE Gefällt es Ihnen...in der Sterbebranche?

DAN *(lächelt)* Is n Lebensunterhalt.

(Kurze Pause)

ALICE Glauben Sie, hier kommt n Arzt?

DAN Irgendwann. Tut es weh?

ALICE Ich überlebs.

DAN Soll ich Ihr Bein hochlegen?

ALICE Warum?

DAN Das tut man in solchen Situationen.

ALICE Was für ne „Situation"?

(Sie sehen sich an.)

DAN Möchten Sie, daß ich Ihr Bein hochlege?

ALICE Ja, bitte.

(Er hebt ihr Bein auf einen Stuhl.)

Wer hat Ihnen das Sandwich gemacht?

DAN Ich.

ALICE Hat Ihre Mutter Ihnen die Krusten abgeschnitten, als Sie klein waren?

DAN Ich glaube schon, ja.

ALICE Sie sollten die Krusten mitessen.

DAN Sie sollten aufhören zu rauchen.

(Er betrachtet ihr Bein auf dem Stuhl.)

Ich hab ein Handy, gibt es jemanden, den Sie anrufen möchten?

ALICE Ich kenne niemand.

(Kurze Pause)

Danke, daß Sie mich von der Straße gekratzt haben.

DAN War mir n Vergnügen.

ALICE Sie Ritter.

DAN *(sieht sie an)* Sie Maid.

(Kurze Pause)

Warum haben Sie nicht aufgepaßt?

ALICE Ich paß nie auf beim Gehn.

DAN Wir standen an der Ampel, ich hab Ihnen in die Augen gesehen, und da traten Sie auf die Straße.

ALICE Und dann?

DAN Sie lagen am Boden, Sie fixierten mich, Sie sagten „Hallo, Fremder".

ALICE So n Luder.

DAN Ich bemerkte, Ihr Bein war verletzt.

ALICE Sie bemerkten meine Beine?

DAN Schon möglich.

ALICE Und dann?

DAN Der Taxifahrer stieg aus. Er bekreuzigte sich. Er sagte „Heilige Scheiße, ich dachte, ich hätt sie umgelegt". Ich sagte „Bringen wir sie ins Krankenhaus". Er zögerte, ich glaube, er dachte, da gibts Papierkram und er würde verantwortlich gemacht. Also sagte ich, mit leichtem Naserümpfen, „Bitte, setzen Sie uns am Krankenhaus einfach ab".

ALICE Zeigen Sie mir das Naserümpfen.

(DAN rümpft die Nase.)

Stark.

DAN Wir steckten Sie ins Taxi und kamen hierher.

ALICE Was hab ich gemacht?

DAN Sie haben vor sich hin gemurmelt, „Tut mir sehr leid mit all den Unannehmlichkeiten". Ich hatte meinen Arm um Sie, Ihr Kopf lag auf meiner Schulter.

ALICE Hat mein Kopf...„gebaumelt"?

DAN Ganz genau, ja.

(Pause)

ALICE So n trauriges Teilchen wie Ihrs hab ich noch nie gesehn. Kann ich das haben?

(DAN öffnet seine Aktentasche.)

Sie werden zu spät zur Arbeit kommen.

DAN Meinen Sie damit, ich soll gehen?

ALICE Nee.

(Sie greift in die Aktentasche.)

DAN Sie können die Hälfte haben.

(Sie holt das Teilchen raus, halbiert es und fängt an zu essen.)

Was hatten Sie auf Blackfriars Bridge zu suchen?

ALICE Ich war Tanzen in einer Disko beim Fleischmarkt. Tanzen Sie gern?

DAN Bin zu alt.

ALICE Blödsinn.

DAN Für Jive bin ich zu alt, von »Rave«, oder wie das diese Woche heißt, ganz zu schweigen.

ALICE Wie alt sind Sie?

DAN Fünfunddreißig.

ALICE Halbzeit?

DAN Herzlichen Dank. Ja, und...

ALICE Dann bin ich spaziern gegangen. Ich wollte sehn, wie das Fleisch abgeladen wird.

DAN Die Kadaver?

ALICE Ja.

DAN Warum?

ALICE Weils ekelerregend ist. Dann hab ich einen winzigen Park entdeckt...der auch n Friedhof is. Postman's Park. Kennen Sie den?

DAN Nein.

ALICE Da is n Denkmal für einfache Leute, die ihr Leben zur Rettung anderer eingesetzt haben. Ganz merkwürdig. Dann hab ich mir gesagt, ich geh nach Borough...also bin ich zur Blackfriars Bridge, um übern Fluß zu kommen.

(Pause. DAN bietet ihr die andere Hälfte des Teilchens an.)

ALICE Im Ernst?

DAN Klar, is von gestern, das traurige Teilchen.

(Kurze Pause)

Dieser Park... Is das hier in der Nähe?

ALICE Ja.

DAN Is da ne Skulptur?

ALICE N Minotaurus.

DAN Genau, ich kenn ihn *doch...* Wir haben da gesessen... (meine Mutter ist tot)... mein Vater und ich haben da gesessen an dem Nachmittag, als sie gestorben ist. Sie ist nämlich hier drin gestorben... Sie war Raucherin. *(Erinnert sich nach und nach)* Mein Vater... hat...ein Eiersandwich gegessen... seine Hände zitterten vor Kummer... Eierstückchen fielen ins Gras... Butter auf seiner Oberlippe... aber ich erinnere mich nicht an ein Denkmal.

(Pause)

ALICE Is Ihr Vater noch am Leben?

DAN Kaum. Er ist in einem Heim.

ALICE Wie sind Sie denn Nachrufschreiber geworden? Was wollten Sie wirklich werden?

DAN Och...ich träumte davon, Romancier zu werden, aber ich hatte keinen Ausdruck – kein Talent. Und so... landete ich im „Sibirien" des Journalismus.

ALICE Erzähln Sie mir, wie das geht. Ich möcht Sie mir vorstellen in Sibirien.

DAN Ehrlich?

ALICE Ja.

DAN Also... wir nennen das „die Leichenseite". Wir sind zu Dritt: ich, Harry und Graham. Erstmal sagt einer (in der Regel Graham) „Wen haben wir auf der Pfanne?" Das heißt, ist über Nacht jemand Wichtiges gestorben? Wollen Sie das wirklich wissen?

ALICE Ja.

DAN Wenn tatsächlich jemand Wichtiges gestorben ist, gehen wir an den „Tiefkühler", das ist ein Computer mit allen Nachrufen, und da holen wir uns die Vita des Toten.

ALICE Die Nachrufe sind schon geschrieben, wenn die Leute noch am Leben sind?

DAN Von manchen eben. Wenn niemand Wichtiges gestorben ist, dann entscheidet Harry – er ist der Ressortchef –, mit wem wir uns beschäftigen. Dann sammeln wir Fakten, machen Anrufe, feilen am Ausdruck. Fertig?

(Er deutet auf ihren abgestellten Becher und den beiseitegelegten Apfel. Sie nickt. DAN wirft die Überreste für sie weg.)

Um Sechs stehen wir um den Computer rum und lesen die Seite von morgen, machen letzte Änderungen, setzen zum Spaß was Beschönigendes hinzu...

ALICE Zum Beispiel?

DAN „Er war ein geselliger Mitmensch", das heißt, er war Alkoholiker. „Er legte Wert auf sein Privatleben" – schwul. „Sie war eine aufgeschlossene Gastgeberin" –

ALICE Ne besoffene alte Schlampe?

DAN Genau.

(Pause. ALICE streichelt langsam DANs Gesicht. Er ist enerviert, aber nicht abweisend.)

ALICE Und was ham Sie für ne Beschönigung für...

DAN *(sanft)* Für mich?

ALICE Mmhmm.

DAN Er war...„zurückhaltend“.

ALICE Ein einsames armes Schwein?

DAN Vielleicht.

ALICE Und für mich?

DAN *(hingerissen)* Sie war... „entwaffnend“.

(Kurze Pause)

ALICE Wie ham Sie den Job gekriegt?

DAN Man muß seinen eigenen Nachruf schreiben. Wenn der amüsant ist, bist du drin.

(Sie sind eng beieinander, sehen sich an. In einem weißen Kittel geht LARRY vorbei. DAN hält ihn auf.)

DAN Entschuldigen Sie, wir warten hier schon ziemlich lange.

LARRY Tut mir leid, ist nicht meine...

(LARRY will weitergehen. Er sieht kurz zu ALICE. Hübsches Mädchen. Er bleibt stehen.)

Was ist passiert?

ALICE Ich wurde von einem Auto angefahren.

DAN Sie war etwa zehn Sekunden bewußtlos.

LARRY Darf ich?

(Er setzt ihr Bein sanft zu Boden.)

Können Sie Ihre Zehen fühlen?

ALICE Ja.

LARRY Was ist das?

ALICE Eine Narbe.

LARRY *(lächelt)* Eine Narbe, ja, das seh ich. Woher haben Sie die?

ALICE Amerika. LKW.

LARRY Miese Arbeit.

ALICE War am Ende der Welt.

LARRY Wird schon wieder.

ALICE Kann ich eine haben?

(LARRY sieht sie an.)

Eine Zigarette...

(Sie deutet mit dem Kopf auf seine Tasche. LARRY zieht seine Schachtel Zigaretten raus und gibt ihr eine.)

LARRY Rauchen Sie sie nicht hier.

DAN Danke.

(LARRY geht. ALICE zündet sich die Zigarette an und raucht.)

Was haben Sie gemacht, am Ende der Welt?

ALICE Reisen.

DAN Allein?

ALICE Mit einer... männlichen Person.

DAN Was ist jetzt mit dieser... männlichen Person?

ALICE Keine Ahnung, bin weggelaufen.

DAN Wo?

ALICE New York.

DAN Einfach so?

ALICE Nur so kann man sich trennen: „Ich liebe dich nicht mehr, leb wohl".

DAN Angenommen, man liebt doch noch?

ALICE Trennt man sich nicht.

DAN Sie haben nie jemanden verlassen, den Sie noch liebten?

ALICE Nee.

(Pause)

DAN Wann sind Sie zurückgekommen?

ALICE Gestern.

DAN Hat New York Ihnen gefallen?

ALICE Logisch.

DAN Haben Sie... studiert?

ALICE Gestrippt.

(Kurze Pause. ALICE lächelt.)

Sehn Sie mal Ihre Äuglein.

DAN Ich kann meine Äuglein nicht sehn.

ALICE Die fallen gleich raus. Sie sind ne Karikatur.

DAN Waren Sie...„gut“ darin?

ALICE Unvergleichlich.

DAN Wieso?

ALICE Ich weiß, was Männer wollen.

DAN Echt?

ALICE Na klar.

DAN Verraten Sies mir.

ALICE Männer wollen n Mädchen, das wie n Junge aussieht. Sie wolln sie beschützen, nur muß sie überleben können. Und sie muß kommen... wie n D-Zug... aber mit Eleganz.

(Kurze Pause)

Was wollen *Sie?*

(Pause)

DAN Wer war diese...männliche Person?

ALICE N Freier. Aber sobald ich ihm gehörte, sollte ich nicht mehr strippen.

(DAN lächelt.)

ALICE Haben Sie ne Freundin?

DAN *(verdrossen)* Ruth. Und was wollen *Sie?*

ALICE Geliebt werden.

DAN So einfach?

ALICE Is n kolossaler Wunsch.

DAN Wo sind Ihre...Sachen?

(Sie zeigt auf ihren Rucksack.)

ALICE Ich bin n Zugvogel. Weck ich Ihre männlichen Instinkte?

DAN Kann man sagen.

ALICE Wollen Sie mich vor der grausamen Welt beschützen?

DAN Wer weiß.

ALICE Stell dich in die Schlange, Django. Trotzdem mußt du gucken, wen ihr auf der Pfanne habt.

(Pause)

DAN Wolln wir uns nach der Arbeit sehn?

ALICE Logisch. Warum nimmst du dir den Tag nicht frei? Ich ruf für dich an und sag, du bist krank.

DAN Kann ich nicht.

ALICE Klar kannst du. Sei kein Weichei.

DAN Ich könnte sonstwas sein, vielleicht ein Psychot.

ALICE Ich kenne Psychoten, du bist keiner.

Telefon.

DAN *(reicht ihr sein Handy)* Erste gespeicherte Nummer.

(Sie drückt die Nummer.)

ALICE Mit wem sprech ich?

DAN Harry Masters.

ALICE Wie heißt du?

DAN Mr. Daniel Woolf. Wie heißt du?

ALICE Alice. Ich heiße Alice Ayres.

BLACKOUT

Zweite Szene

Annas Studio

Später Nachmittag. Juni 1994

ANNA steht hinter ihrer Kamera. DAN sitzt auf einem hohen Stuhl, mit einem Lichtreflektor in der Hand.

ANNA fotografiert.

ANNA Gut.

DAN Was war das für ein Gebäude?

ANNA Ein Asyl für „gefallene Frauen". *(Knipst)*

DAN War hier nicht ein Fluß?

ANNA Die Fleet. Im achtzehnten Jahrhundert hat man sie überbaut. *(Knipst)*

DAN Ein begrabener Fluß.

ANNA Wenn man auf Blackfriars Bridge steht, kann man sehen, wo sie rauskommt.

DAN Guck ich mir an.

ANNA Müssen Sie. *(Knipst)* So bleiben. Eine Stadtlegende rührt daher – ein bißchen ähnlich wie mit den Krokodilen in New York. *(Knipst)* Man glaubte, daß sich Schweine darunter vermehrten, und dann schwamm eines Tages dieser fette Eber raus in die Themse und trabte das Embankment runter.

DAN Also hat das gestimmt?

ANNA Nein, er ist vom Fleischmarkt getürmt. *(Knipst)*

DAN Schweine schwimmen?

ANNA Erstaunlich gut. *(Knipst)* Entspannen.

(ANNA wechselt den Film, fixiert eine Lampe etc.)

DAN Kann ich rauchen?

ANNA Klar.

(Sie reicht ihm einen Aschenbecher. DAN zündet sich eine Zigarette an.)

ANNA Ihr Buch hat mir gefallen.

DAN Danke.

ANNA Wann erscheint es?

DAN Nächstes Jahr. Wieso haben Sies gelesen?

ANNA Ihr Verlag hat mir das Manuskript geschickt. Ich hab es gestern Nacht gelesen, bis Vier haben Sie mich wach gehalten.

DAN Ich fühl mich geschmeichelt.

ANNA Hat Ihre anonyme Heldin ein Vorbild in der Realität?

DAN Sie... das Vorbild heißt Alice.

ANNA Was sagt sie dazu, daß Sie ihr Leben stehlen?

DAN Ihr Leben borge. Ich widme ihr das Buch, sie freut sich.

(Er starrt sie an. Sie dreht sich um, sieht ihn an.)

Stellen Sie aus?

ANNA Nächsten Sommer.

DAN Portraits?

ANNA Ja.

DAN Von wem?

ANNA Von Fremden.

(Kleine Pause)

DAN Was sagen Ihre Fremden dazu, daß Sie ihr Leben stehlen?

ANNA Borgen.

DAN Bin ich ein Fremder?

ANNA Nein. Sie sind ein Auftrag.

DAN Sie sind schön.

ANNA Nein, bin ich nicht.

(Sie bedeutet ihm, sich wieder hinzusetzen. Sie guckt in die Kamera.)

Kinn höher, Sie sind ein Laschi. *(Knipst)*

DAN Sie fanden es nicht obszön, das Buch.

ANNA Nein, ich fand es ehrlich. *(Knipst)*

DAN In welcher Hinsicht?

ANNA Sex *(Korrigiert sich)* – Liebe. *(Knipst)*

DAN Inwiefern?

ANNA Sie haben es geschrieben.

DAN Aber Sie haben es gelesen.

(ANNA knipst. Er sieht sie an, sie schaut durch den Sucher.)

ANNA Nicht die Augenbrauen hochziehn, das wirkt eitel. *(Knipst)*

DAN Es hat Ihnen doch gefallen?

ANNA Ja, aber ich kann auch drauf verzichten.

(Knipst. Sie nimmt den Film raus.)

DAN Kritische Anmerkungen?

ANNA Schlechter Titel.

DAN Haben Sie einen besseren?

ANNA Im Ernst?

DAN Klar.

ANNA »Das Aquarium«.

DAN Die Stelle hat Ihnen gefallen?

ANNA Ja...

(DAN nähert sich ihr.)

DAN Sie mögen Aquarien?

ANNA Nicht besonders...

(Er streichelt ihren Arm.)

DAN Sie sollten mal in das vom Londoner Zoo gehen, vielleicht ändern Sie Ihre Meinung...

ANNA Bezweifle ich...

DAN Vielleicht trotzdem...

(Er berührt ihr Gesicht. Sie sehen sich an.)

ANNA Ich küsse keine fremden Männer.

DAN Ich auch nicht.

ANNA Du und diese...Alice...lebt ihr zusammen?

(Pause)

DAN Ja.

(Er setzt seine Berührungen fort.)

ANNA *(nickt)* „Nur eine Adresse hat sie in ihrem Adreßbuch: unsere... unter ‚Z' für Zuhause."

DAN Das hab ich gestrichen.

ANNA Warum?

DAN Zu sentimental.

(Sie zieht sich vorsichtig von ihm zurück.)

Bist du verheiratet?

ANNA Ja... nein... ja... getrennt.

DAN Hast du Kinder?

ANNA Nein.

DAN Möchtest du welche?

ANNA Ja, aber nicht heute.

(Sie macht die Lampe aus und räumt ihr Zeug zusammen, die Sitzung ist beendet.)

Möchte Alice Kinder?

DAN Sie ist zu jung.

ANNA Und hat sie wirklich keine Familie?

DAN Sie hat niemanden. Sie kommt mich übrigens hier abholen, ziemlich bald.

ANNA Na, da haben wirs. Warum stiehlst du ihr die Zeit?

DAN Tu ich nicht. Ich bin ihr dankbar...sie ist...total unverlaßbar.

ANNA Und du willst nicht, daß ein anderer seine dreckigen Pfoten auf sie legt?

DAN Vielleicht.

ANNA Männer sind Schrott.

DAN Und dennoch sind sie...

ANNA Sie sind trotzdem Schrott.

(Der Türsummer geht.)

ANNA Deine Muse.

DAN *(ironisch)* Du hast mein Leben zerstört.

ANNA Du wirsts überstehn.

(Der Türsummer geht. Sie sehen sich an.
Pause.
DAN geht hinaus, um die Tür zu öffnen.
Der Summer geht erneut. ANNA überlegt, niedergeschlagen.
DAN kommt mit ALICE. Ihr Haar hat eine andere Farbe als in der Ersten Szene.)

DAN Alice... Anna.

ANNA Hi.

(ALICE sieht ANNA an.)

ALICE Tut mir leid, wenn ich bei der Arbeit störe.

ANNA Nein, wir sind gerade fertig.

(Kurze Pause)

ALICE Hat er sich anständig benommen?

ANNA Annehmbar. Möchten Sie einen Tee?

ALICE Nein danke, ich hab den ganzen Tag welchen serviert. Ist da eine...?

ANNA Da durch.

(ALICE geht hinaus.)

Sie ist schön.

DAN Ja, ist sie. Ich muß dich sehen.

ANNA Nein.

(Pause)

DAN Warum wirst du plötzlich...schwesterlich.

ANNA Ich werde nicht schwesterlich. Ich will keinen Ärger.

DAN Ich bin kein Ärger.

ANNA Du bist vergeben.

DAN Ich muß dich sehn.

ANNA Pech.

(Pause. ALICE kommt herein.)

ALICE *(zu ANNA)* Wollen Sie ein Foto von mir machen? Ich bin noch nie von einem Profi fotografiert worden. Ich zahl auch dafür.

(Pause)

ANNA Nein... mach ich gern.

ALICE *(zu DAN)* Das heißt, wenn du nichts dagegen hast.

DAN Warum sollte ich?

ALICE Weil du weggehn mußt. *(Zu ANNA)* Ihn wollen wir während der Arbeit doch nicht hier haben?

(Kurze Pause)

DAN Ich warte im Pub an der Ecke.

(Er küßt ALICE.)

Viel Spaß. *(Zu ANNA)* Dankeschön. Viel Glück mit Ihrer Ausstellung.

ANNA Viel Glück mit Ihrem Buch.

DAN Danke.

(DAN geht hinaus.)

ALICE Sie haben eine Ausstellung?

ANNA Nur eine kleine. Nehmen Sie Platz.

(ALICE setzt sich. ANNA macht sich an der Kamera zu schaffen. ALICE beobachtet sie.)

Ich habe Dans Buch gelesen. Sie haben ein... bewegtes Leben gehabt.

ALICE Danke.

(ANNA kontrolliert die Belichtung für ALICE, positioniert ihre Lampe etc.)

Leben Sie allein?

ANNA Ja.

ALICE Wer war Ihr letzter Freund?

ANNA Mein Mann.

ALICE Was ist ihm passiert?

(Kurze Pause. ANNA ist sich nicht sicher, wohin das führen soll.)

ANNA Was Jüngeres...

ALICE Was hat er gemacht?

ANNA Er hat Geld gemacht. Geschäfte.

ALICE Solche Typen hatten wir in den Clubs. Geschäftsleute.

ANNA Also...standen diese Lokalitäten...hoch im Kurs?

ALICE Einige. Aber ich hab die Spelunken vorgezogen.

ANNA Wieso?

ALICE Die Armen sind großzügiger.

(Pause. ANNA guckt wieder in die Kamera.)

ANNA Sie haben ein tolles Gesicht. Und was sagen Sie dazu, daß Dan Ihr Leben benutzt für sein Buch?

ALICE Geht Sie n Scheißdreck an.

(Pause)

ANNA Entschuldigung...

(Pause)

ALICE Als er mich reingelassen hat...unten, hatte er... diesen... Blick. Ich habe zugehört bei eurer... Unterhaltung.

(Schweigen)

ANNA Ich weiß nicht, was ich sagen soll.

ALICE Knips mein Bild.

(Kurze Pause)

ANNA Ich bin kein Dieb, Alice.

(ANNA stellt die Schärfe ein.)

Kopf höher... schön siehst du aus. Ganz langsam zu mir drehn...

(ANNA macht ihre Bilder. Sie sehen sich an.)

Gut.

BLACKOUT

Dritte Szene

Getrennte Zimmer

Früher Abend. Januar 1995

DAN sitzt in seiner Wohnung an einem Tisch mit einem Computer. Auf dem Tisch steht eine Newton-Schaukel.

LARRY sitzt an seinem Schreibtisch mit einem Computer. Er hat einen weißen Kittel an.

Die Szene verläuft schweigend. Ihr „Dialog" erscheint, indem sie ihn „tippen", auf einer großen Projektionsfläche.

DAN Hallo

LARRY hi

DAN kommst du oft her?

LARRY ?

DAN Netz

LARRY 1. Mal

DAN Eine Jungfrau. Willkommen. Wie heißt du?

LARRY Larry. Du?

(Kurze Pause)

DAN Anna

LARRY Freut mich

(Pause)

DAN Ich mag SCHWÄNZE

(Pause)

LARRY *(spricht)* Herzlichen Glückwunsch...

(Tippt) Du bist s. frech

DAN Dieser Netzbereich heißt LONDON FICKT. Willst du Sex?

LARRY ja. beschreib dich

DAN Dreißigerin Dunkles Haar Dreckiger Mund Epische Titten.

LARRY präzisiere episch

DAN Ich lutsch dich besinnungslos

LARRY sei mein Gast

DAN Trag meine feuchten Höschen

LARRY ok

DAN Gut im Schuß?

LARRY 21 $

(Spricht) Scheiße

21 cm

DAN HOL IHN RAUS

(Pause. LARRY überlegt sich diesen Vorschlag. Das Telefon auf Larrys Schreibtisch klingelt. Laut. Er schreckt auf.)

LARRY *(spricht)* Moment.

(Tippt) moment

(LARRY nimmt ab. DAN zündet sich eine Zigarette an.)

(Spricht) Hallo? Wie sieht das Gewebe aus? Dehnt sich aus. Nein, klingt nach Schrumpfung. Bis dann.

(LARRY legt auf und widmet sich erneut seiner Tastatur. DAN klickert mit den Kugeln seiner Newton-Schaukel.)

LARRY hallo?

(DAN sieht auf seinen Bildschirm.)

anna

(Spricht) Kacke.

(Tippt) ANNA? WO BIST DU?

DAN Heh, langer Larry, woran denkst du beim Wichsen?

LARRY *(tippt)* Ex-freundinnen

DAN Nicht aktuelle f?

LARRY Nie

DAN Verrat mir deine Sex-ex-fantasie

LARRY Hotelzimmer... sie fesseln mich, quälen mich, lassen mich nicht kommen. Sie raufen über mir, 6 Zungen an meinem Schwanz, auf den Eiern, in der Arschfalte etc.

DAN Alle huldigen dem Sultan von Vaginien?

(LARRY lacht.)

LARRY Anna, woran denkst Du beim Wichsen?

(DAN überlegt.)

DAN Fremde

LARRY Einzelheiten...

DAN Sie bilden eine Schlange, und ich gebe mich ihnen hin wie eine ausgehungerte läufige Hündin, 1 in jedem Loch und in beiden Händen.

(LARRYs Telefon klingelt. Er nimmt den Hörer ab und legt ihn wieder auf, ohne sich zu melden. Dann legt er ihn daneben.)

LARRY und?

DAN Sie kommen – in meinem Mund, im Arsch, in Titten Fotze Haar.

LARRY *(spricht)* Heiland.

(Tippt) und?

DAN Ich leck es auf, ganz die dreckige Fotze, die ich bin. Warte, muß mit 1 Hand tippen... Ich komme jetzt gerade... *(Er tippt mit einer Hand.)*

ohohohohohohohohohohohooooooooo98765434678899)_(&
(^°(%(&%$%“$§§%&°()(+_)_/(#)+*I:OIJUJKKUJYHG%RYFRIJU

(Pause)

LARRY war es gut?

DAN Nein.

LARRY Bin schockiert

DAN PARADIESISCHES SOLLTE SCHOCKIEREN

LARRY Ehrlich?

DAN Ja... Treffen wir uns...

LARRY echt?

DAN Ja

LARRY wann

DAN jetzt

LARRY kann nicht. Bin Arzt. Muß die Runde machen.

(DAN lacht.)

DAN Sei kein Schlaffi. Leben ohne Risiko ist Tod. Verlangen ist, wie die Welt, eine Fügung. Der beste Sex ist anonym. Wir leben wie wir träumen, ALLEIN. Bei mir wirst du kommen wie ein D-Zug.

(LARRY durchblättert seinen Kalender.)

LARRY Morgen, 13 h, wo?

(DAN überlegt.)

DAN Aquarium, Londoner Zoo.

LARRY 13 h

DAN Und dann ein Hotel...

LARRY wie erkenne ich dich?

DAN komm mit weißem Kittel

LARRY ?

DAN Dr. + Kittel = Füllhorn für mich

LARRY ok

DAN Ich schicke dir eine Rose, Geliebter...

LARRY ?

```
DAN      (@)
          |
          |
         \|
          |/
          |
          |
         \|
          |/
          |
          |
```

LARRY danke, tschüß anna

DAN tschüß larry xxxxx

LARRY xxxxx

(Sie blicken auf ihre Monitore.)

BLACKOUT

Vierte Szene

Das Aquarium

Nach Mittag. Januar 1995

ANNA sitzt auf einer Bank im Aquarium, allein, mit ihrer Kamera. Sie steht auf, guckt die Fische an, sieht oberflächlich in ihr Handbuch.

LARRY kommt, sieht sie, lächelt. Sie lächelt unbestimmt zurück und guckt wieder die Fische an.

LARRY knöpft seinen Mantel auf und hält ihn geöffnet. Er trägt seinen weißen Kittel darunter.

LARRY Ich bin im Kittel...

(ANNA dreht sich um.)

ANNA Ja, Sie haben...

LARRY Den weißen Kittel...

ANNA Wie ich sehe.

LARRY Ich bin Larry... *(Anzüglich)* „Der Doktor".

ANNA Hallo, Doktor Larry.

LARRY Nenn mich einfach... „Der Sultan".

(ANNA dreht sich zu ihm um, neugierig.)

(Zu ihrer Erinnerung) Von Vaginien.

(Sie lächelt, er lächelt zurück.)

Ich kann gar nicht glauben, daß sowas tatsächlich passiert. Ich dachte... wenn du auftauchst... es käm eine Töle... aber du bist unheimlich verführerisch.

ANNA Danke.

LARRY Du sprachst von einem Hotel... keine Eile. Das heißt, doch, ich muß um Drei in der Chirurgie sein.

ANNA Haben Sie eine Operation?

LARRY *(lacht)* Nein, ich mache eine.

ANNA Bei wem?

LARRY Das ist vertraulich.

ANNA Ich möchte Sie nicht verletzen, aber haben Sie irgendeinen Ausweis bei sich?

LARRY Schon...

(Er reicht ihr seine Brieftasche, sie sieht sich die Karte darin an.)

ANNA Sie sind tatsächlich Arzt?

LARRY Hab ich doch gesagt. *(Plötzliche Panik)* Sie sind doch Anna?

ANNA Ja. Entschuldigung, haben wir uns schon mal gesehn?

LARRY Tu doch nicht so, du „Nymphe im Netz“.

„Mrs. Dreckiger Mund“, „Miss Epische Titten“.

(Unsicher) Gestern warst du zünftig zotig.

ANNA Ach was?

LARRY „Trag meine feuchten Höschen“, „Lutsch mich besinnungslos“, „Ich bin eine ausgehungerte läufige Hündin, tippe mit einer Hand...“

(Pause)

Warum komme ich mir pervers vor?

ANNA Ich glaube, Sie sind das Opfer eines Medizinerscherzes.

(LARRY überlegt.)

LARRY Ist mir wirklich unangenehm.

(Er will gehen, hält inne.)

Nein, wir haben im Netz gechattet, aber... wo Sie mich jetzt gesehn haben... wollen Sie nicht... ist gut. Ich habe nicht vor, mich deshalb aufzuregen.

ANNA Weshalb regen Sie sich dann auf?

LARRY Tu ich nicht, ich bin frustriert.

ANNA Ich hab nicht mal einen Computer, ich bin Fotografin.

LARRY Warum haben Sie mich dann weiter wie einen Irren über Sex plappern lassen?

ANNA Weil ich Sie für einen Irren gehalten habe.

LARRY Wo waren Sie gestern zwischen 17 Uhr 45 und 18 Uhr?

ANNA Ich war in einem Café mit... einer Bekannten.

LARRY Name?

ANNA Alice Ayres.

LARRY In welcher Angelegenheit?

ANNA Beruflich, eines Fotos wegen. Wo waren Sie zu dieser Zeit?

LARRY Im Netz, unterhielt mich mit Ihnen.

ANNA Nein...

LARRY Also, ich unterhielt mich mit jemandem...

ANNA Der sich für mich ausgab.

(Kurze Pause)

(Lächelt) Sie unterhielten sich mit Daniel Woolf.

LARRY Wem?

ANNA Er ist der Freund von Alice. Sie hat mir gestern erzählt, daß er im Netz rumspielt. Er wars.

LARRY Nein, ich unterhielt mich mit einer Frau.

ANNA Woher wissen Sie das?

LARRY Weil... glauben Sie mir, es war eine Frau, ich hatte eine riesige... es war eine Frau.

ANNA Nein, war es nicht.

LARRY War es nicht, ja?

ANNA Nein.

LARRY So ne FOTZE. Verzeihung.

ANNA Ich bin erwachsen, fotzen Sie weiter.

LARRY Danke.

(Kurze Pause)

Dieser „Kerl“...

ANNA Daniel Woolf...

LARRY Woher kennen Sie ihn?

ANNA Eigentlich kenn ich ihn gar nicht. Ich hab ihn fotografiert für ein Buch, das er geschrieben hat.

LARRY Ich hoffe, es ist spurlos untergegangen.

ANNA Es ist auf dem besten Weg dazu.

LARRY *(jubilierend)* Es gibt eine Gerechtigkeit auf Erden. Wie heißt es?

ANNA »Das Aquarium«.

LARRY *(wütend)* Dieser Arsch. Macht Werbung.

(Kurze Pause)

Weshalb? Weshalb soll er sich für Sie ausgeben?

ANNA Er mag mich.

LARRY Seltsame Art, das zu beweisen, kann er Ihnen nicht Blumen schicken?

(LARRY fällt die Rose ein, die er zerdrückt aus der Manteltasche zieht. Er reicht sie ANNA.)

Hier.

ANNA Danke. Tolle Sache, das Internet.

LARRY Oh ja.

ANNA Die Möglichkeit echt globaler Kommunikation. Das ultimativ demokratische Medium.

LARRY Absolut, das ist die Zukunft...

ANNA Zwei Jungs schwänzeln im Cyberspace.

LARRY *Er* war der Wichser. Ich will zugeben, er kann schreiben.

(LARRY sieht sie an, er müßte gehen, entschließt sich jedoch, weiter mit ihr zu reden.)

Ist er in Sie verliebt?

ANNA Weiß ich nicht. Nein.

LARRY Sind Sie verliebt in ihn?

ANNA Ich kenn ihn kaum, nein.

LARRY Aber Sie sind irgendwie... interessiert?

ANNA Ich glaube, er ist... interessant.

(Sie sehen sich an.)

LARRY Ja, was machen Sie dann hier?

ANNA Fische angucken.

(LARRY sieht sie an, sie guckt weg.)

LARRY Alles in Ordnung bei Ihnen?

(ANNA nickt.)

Sie können mir sagen...

ANNA Weil Sie Arzt sind?

LARRY Weil ich hier bin.

(Sie wendet sich ihm zu, er lächelt.)

ANNA *(hebt ihre Kamera)* Sag Cheese.

LARRY *(hält die Hände vors Gesicht)* Nicht, ich seh auf Fotos wie ein Verbrecher aus.

ANNA Bitte, ich hab heut Geburtstag.

LARRY *(läßt die Hände fallen)* Wirklich?

(ANNA macht ein Foto von ihm.)

ANNA Ja. *(Trübselig)* Wirklich.

(Pause. Sie sehen sich an.)

LARRY Herzlichen Glückwunsch zum Geburtstag.

BLACKOUT

Fünfte Szene

Galerie

Abend. Juni 1995

ALICE guckt ein riesiges Foto von sich an. Sie hat eine Flasche helles Bier. Sie trägt ein schwarzes Kleid.

DAN hat ein Glas Wein, trägt einen leicht schäbigen schwarzen Anzug. Er sieht ALICE zu, wie sie das Bild anguckt.

DAN Prost.

(Sie dreht sich um. Sie trinken. DAN guckt das Foto an.)

Du bist die Schöne in der Scheiße. Du siehst toll aus.

ALICE Ich bin *hier.*

(DAN sieht ALICE an, lächelt.)

Heute kam ein Mann ins Café, der sagte „Heh, Bedienung, wem dienen Sie eigentlich"?

DAN Sehr komisch.

ALICE Und ich sagte „Ich diene dem Mann, der hier reinkommt und mich mit einem so schönen Satz seitwärts fickt".

DAN Wie hat er reagiert?

ALICE Er hat eine Tasse Tee mit zwei Stück Zucker bestellt.

(Pause)

Ich diene *dir.*

DAN Wobei?

ALICE Mich zu verlassen.

DAN *(besorgt)* Ich will dich nicht verlassen. Ich liebe dich restlos. Was soll das?

ALICE Laß mich bitte mitkommen...

(DAN wendet sich ab.)

Ich will für dich da sein. Warum genierst du dich meinetwegen?

DAN Tu ich nicht. Ich hab dir gesagt, ich will allein sein.

ALICE Warum?

DAN Jammern... Nachdenken.

ALICE Ich liebe dich, du Affe, warum läßt du mich nicht?

DAN Es geht nur um ein Wochenende.

ALICE Wir sind noch nie ein Wochenende auf dem Land gewesen.

DAN Gut... machen wir dann.

(Pause)

Harry is hier, vollgelaufen wie n Wassermolch. Will mich wieder bei den Leichen haben. Sagt, ich geh ihnen ab.

ALICE Armer Harry, du weißt, er is in dich verknallt.

DAN Ach was. Tatsächlich?

ALICE Klar. Willst du wieder hin?

DAN Wir sind total abgebrannt.

ALICE Wie wärs mit Schreiben?

(DAN zuckt die Achseln.)

DAN Du... ich geh mal Anna Hallo und Aufwiedersehn sagen, und dann nehm ich n Taxi zum Bahnhof, okay? Django... Ich liebe dich.

(DAN küßt sie auf die Stirn.)

ALICE Küß mich auf den Mund...

DAN Entschuldigung.

(Er küßt sie auf den Mund.)

Ich ruf dich an, sobald ich da bin.

(DAN geht, ALICE zündet sich eine Zigarette an, ihre Flasche benutzt sie als Aschenbecher.

LARRY kommt. Er trägt einen Anzug und einen schwarzen Kaschmirpullover mit Kragen. Er hat eine Flasche Wein und ein Glas. Er ist leicht betrunken. ALICE guckt ihn an, neugierig.)

LARRY Abend. Mitvertriebene auf der Flucht vor dem gleißenden Gelaber?

(Kurze Pause. LARRY guckt auf das Foto und dann auf seine Ausstellungs-Preisliste.)

Nee, Sie sind... »Junge Frau, London«. Phantastisches Foto, mögen Sies?

ALICE Nee.

LARRY Aber ich. Worüber warn Sie so traurig?

ALICE Das Leben.

LARRY Was ist das denn?

(ALICE lächelt.)

(Gestikuliert zu den Fotos hin) Was sieht man da?

ALICE Wolln Sie über Kunst reden?

LARRY Ich weiß, es ist vulgär, „das Werk" zu diskutieren bei der Vernissage des „Werks", aber einer muß es tun. Ehrlich, was halten Sie davon?

ALICE Total verlogen. Haufen trauriger Fremder, schön fotografiert. Und all die reichen Säcke, die Kunst mögen, sagen, es is schön, weil es das is, was sie sehn wollen. Die Typen auf den Fotos sind traurig und einsam, aber die Bilder tun so, als ob die Welt schön ist. Deshalb wirkt die Ausstellung beruhigend, was sie zur Lüge macht, und dicke fette Lügen mag jeder.

LARRY Die dicke fette Lügnerin ist meine Freundin.

ALICE Arschloch.

LARRY Larry.

ALICE Alice. Also du bist Annas Lover?

LARRY Eine Prinzessin kann einen Frosch küssen.

ALICE Seit wann kennst du sie?

LARRY Vier Monate. Wir sind noch im ersten Rausch, wie im Paradies, all meine schlechten Angewohnheiten amüsieren sie bloß. Du solltest nicht rauchen.

ALICE Du kannst mich.

LARRY Ich bin Arzt, von mir sind solche Sprüche zu erwarten.

(ALICE wird jetzt klar, wo sie ihn schon einmal gesehen hat.)

ALICE Auch eine?

LARRY Nee. Ja. Nee, scheiß drauf, ja. Nein. Ich habs aufgegeben.

(Er sieht ihr zu beim Rauchen.)

Genuß und Selbstzerstörung – das reinste Gift.

(Sie sieht ihn an, sie weiß, er flirtet mit ihr.)

Anna hat mir erzählt, dein Kerl hat n Buch geschrieben, ist das was?

ALICE Klar.

LARRY Das is über dich, nich?

ALICE N bißchen von mir.

LARRY Ach? Was hat er weggelassen?

ALICE Die Wahrheit.

(Kurze Pause)

LARRY Ist er hier? Dein Kerl.

ALICE Ja, redet mit deiner Tussi.

(LARRY tut so, als ob es ihm egal wäre.)

LARRY Also... warst du Stripperin?

ALICE Ja, Schluß der Unterhaltung.

(LARRY sieht bei ALICE die Narbe am Bein.)

LARRY Darf ich fragen, woher du das hast?

ALICE Das hast du mich schon mal gefragt.

LARRY Wann?

ALICE Zwei... nee, vor zweieinhalb Jahren. Du hast nach meinem Bein geguckt, auf der Unfallstation.

LARRY Wieso hast du dich an mich erinnert?

ALICE Es war ein erinnerungswürdiger Tag. Eigentlich wolltest du gar nicht stehn bleiben, bist es dann aber doch. Warst heimlich auf dem Weg, eine zu rauchen. Hast mir eine Zigarette gegeben.

LARRY Na, jetzt rauch ich nicht mehr, und auch du solltest das nicht.

ALICE Das heißt, du hast dich immer verdrückt, um zu qualmen... unauffällig?

LARRY Ja, in einem kleinen Park beim Krankenhaus.

ALICE Postman's Park?

LARRY Ja, genau. Und... die Narbe?

ALICE Ein Mafia-Schläger hat mir das Bein gebrochen.

LARRY Ehrlich?

ALICE Absolut.

LARRY Sieht nicht aus wie n Bruch...

ALICE Wonach sieht es aus?

LARRY Als ob was eingedrungen ist. Ein Messer vielleicht...

ALICE Als ich Acht war... bohrte sich was Metallisches in mein Bein beim Autounfall meiner Eltern... als sie umkamen. Zufrieden?

LARRY Entschuldigung, geht mich nichts an. Bin ja nicht im Dienst.

ALICE Machts Spaß, gut zu sein?

LARRY *(lächelnd)* Ich bin nicht gut.

(Er sieht sie an.)

Und du?

(Sanft berührt er ihr Gesicht. Sie läßt ihn.)

Morgen hab ich meinen ersten Privatpatienten. Sag lieber, daß ich kein Wichser bin...

ALICE Du bist kein Wichser.

LARRY Danke. Wie mitfühlend.

ALICE Ja, du auch.

(ALICE geht. LARRY sieht ihr nach. LARRY geht, während DAN woandersher kommt. DAN hat einen Mantel und einen kleinen Koffer in der Hand. Er wartet, ungeduldig.

ANNA kommt.

Pause. Sie sehen sich an.)

ANNA Ich kann nicht lange reden.

DAN Bißchen viel Brimborium, nich?

ANNA Ja, kanns nich ausstehn.

DAN Bist aber gut darin.

(Kurze Pause)

Dermatologe ist er also. Kann man sich was Langweiligeres vorstellen?

ANNA Nachrufschreiber?

DAN Gescheiterter Romancier, bitte.

ANNA Hat mir leid getan mit deinem Buch.

DAN Danke, für mich ist der Titel schuld.

ANNA Du mußt ein neues schreiben.

DAN Warum soll Mißerfolg nicht attraktiv sein?

ANNA Es ist kein Mißerfolg.

DAN Es wird dafür gehalten, also ist es einer. Kläglicherweise hätte ich Lob gebraucht. Der wahre Schriftsteller ist... darüber erhaben.

ANNA Romantischer Schwachsinn.

DAN Jemals schlechte Kritiken gehabt? Na, dann halt dich raus.

(Pause)

Redest mit Larry Laschhirn über Fotografie, ja? Ist er ein Fan von Man Ray oder von Yousuf Karsh? Er wird dich anöden.

ANNA Würde er nie – tut er auch nicht.

DAN *(gereizt)* Will mir nicht in den Schädel, daß ich das produziert hab. Was wolltest du da?

(Kurze Pause)

Über mich nachdenken?

ANNA Nein. Wie gehts Alice?

DAN Gut. Liebst du ihn?

ANNA Ja.

DAN Du willst ihn doch nicht heiraten?

ANNA Weiß ich nicht.

DAN Tus nicht. Heirate mich. Kinder, alles. Du willst keine Kinder von ihm... drei kleine Schleimis in weißen Kitteln. Heirate ihn nicht, heirate mich. Werd alt mit mir... stirb mit mir... trag eine Strickjacke mit Löchern am Strand von Bournemouth... heirate mich.

ANNA *(lachend)* Ich kenne dich nicht.

DAN Aber sicher, ich könnte nicht für dich fühlen, was ich fühle, wenn du das nicht auch fühltest.

ANNA Ich hab dich ein Jahr lang nicht gesehn.

DAN Natürlich hast du.

ANNA Nur, weil du mir vor meinem Studio nachgestellt hast.

DAN Ich hab nicht nachgestellt ... ich ... habe aufgelauert. Und wenn ich nicht da war, hast du dich nach mir umgesehn.

ANNA Woher willst du das wissen, wenn du nicht da warst?

DAN Weil ich da *war*... aber aus der Entfernung lauerte. Übrigens mag ich, was du machst, es hat Tragik.

ANNA Danke.

DAN Ich weiß, es ist nicht... angebracht, ich geh zur Beerdigung meines Vaters – komm mit mir.

ANNA Moment. Dein Vater ist gestorben?

DAN Völlig okay, ich hab ihn gehaßt. Nein, das nicht, es ist mir egal, mir geht es um dies hier. Komm mit, verbring ein Wochenende mit mir, dann entscheide dich.

ANNA Und Alice?

DAN Sie wirds überleben. Ich kann nicht länger ihr Vater sein. Na komm, du willst dir einreden, daß er... „derjenige, welcher" ist... das ist nicht wahr, du hast einfach Angst.

ANNA Keine Rede davon. Ich liebe ihn.

DAN Warum?

ANNA Er ist liebenswert.

DAN Komm mir nicht mit „liebenswert". „Liebenswert" ist dämlich, „liebenswert" wird dich umbringen. Alice ist „liebenswert", sogar ich bin „liebenswert", jeder kann furchtbar „liebenswert" sein.

(Kurze Pause. Sanft)

Ich kann nicht leben ohne dich.

ANNA Du kannst es, du tust es doch.

(Pause)

DAN Das bin nicht ich, ich tue es ja nicht. Kapierst du das nicht? Die ganze Sprache ist alt, es gibt keine neuen Wörter... Ich liebe dich.

ANNA Quatsch.

DAN Ich kann nicht denken, ich kann nicht arbeiten, ich kann nicht atmen.

(Kurze Pause)

Wir werden sterben.

(Kurze Pause)

Bitte. Rette mich. Sieh mich an.

(Sie sieht ihn an.)

Sag mir, daß du nicht in mich verliebt bist.

ANNA Ich bin nicht in dich verliebt.

DAN Du hast einfach gelogen. Treffen wir uns nächste Woche. Bitte, Anna... Ich flehe dich an... Ich bin dein Fremder... Riskiers...

(Sie sind eng beieinander. LARRY ist hereingekommen, sieht zu ihnen hin. DAN nickt ihm zu. LARRY nickt. DAN geht zum Ausgang.)

ANNA Dein Mantel.

(DAN nimmt seinen Mantel und den Koffer und geht hinaus.)

LARRY Hallo, Fremde.

ANNA Hallo.

LARRY Intensives Gespräch?

ANNA Sein Vater ist gestorben..

(Kurze Pause)

Hast du spioniert?

LARRY Liebevoll überwacht. Mit Teleskop. Er ist größer als auf dem Foto.

ANNA Das Foto ist ein Kopfbild.

LARRY Schon, ich weiß, aber zu dem Kopf gehörte ein kurzer Körper... und genaugenommen ist der Kopf... irreführend.

ANNA Irreführend?

LARRY Ja, weil er in Wirklichkeit einen langen Körper hat. Ein langer Lulatsch ist das.

(Kurze Pause)

Den könnte ich....

ANNA Was?

LARRY Wenn es dazu käme, in einem Streit, könnte ich ihn.

(ANNA lächelt.)

Hast du ihm erzählt, daß wir ihn „Cupido" nennen?

ANNA Nein, das ist unser Scherz..

(Sie streichelt seinen Pullover.)

LARRY Ich hab noch nie Kaschmir getragen. Dankeschön. Ich bin Aschenputtel auf dem Ball.

ANNA *(bezaubert)* Du bist ja so ein Plebejer.

LARRY Das magst du doch.

(Er zieht sie an sich.)

Ich hatte ein Schwätzchen mit Youngster Alice.

ANNA Magst sie?

LARRY Klar. Nicht so sehr wie dich.

ANNA Warum?

LARRY Du bist eine Frau... sie ist ein junges Ding. Sie hat die schwachsinnige Schönheit der Jugend, aber... sie ist auch... eigensinnig.

ANNA Mir kommt sie sehr offen vor.

LARRY Den Eindruck möchte sie gern machen. Du vergißt, daß du es mit einem medizinischen Beobachter des menschlichen Karnevalstreibens zu tun hast.

ANNA Findest du?

LARRY Oh ja.

ANNA Du machst eher den Eindruck des Katers, der die Milch gekriegt hat, du kannst aufhörn, dich abzuschlecken.

(Pause)

LARRY Das ist das Gemeinste, was du je zu mir gesagt hast.

ANNA Gott, tut mir leid, es war ekelhaft, sowas zu sagen, tut mir leid. Es ist einfach... meine Familie ist da und Freunde... ich hab keine Entschuldigung.

LARRY Geschenkt. Ich weiß, was du meinst. Ich zieh meine Pfoten ein.

(Kurze Pause)

Ich habe deinen Vater kennengelernt.

ANNA Ich weiß. Er hat wahrhaftig gesagt „Ich mag ihn“. Das hat er noch nie von jemandem gesagt. Alle haben dich bewundert. Meine Stiefmutter findet dich hinreißend. „Wunderbare Hände“, hat sie gesagt, „man kann sie sich richtig vorstellen, beim Zusammennähen, ganz sensibel“.

LARRY Also... halten sie mich nicht für einen... Banausen?

ANNA Nein. Das bist du nicht... du bist du. Du bist wunderbar.

LARRY Und mochtest du meine Leute? Sie lieben dich.

ANNA Deine Mutter hat so ein... liebenswertes Gesicht.

(Sie sehen sich an.)

BLACKOUT

Sechste Szene

Häusliche Umgebung

Mitternacht. Juni 1996

ANNA sitzt auf einer Couch.

ALICE sitzt auf einem kleinen Sofa. Sie trägt einen gestreiften Schlafanzug. Auf dem Beistelltisch hat sie einen Teller mit Apfelstückchen. Sie tunkt den Apfel in einen Topf Honig und ißt, langsam.

Sie befinden sich in getrennten Zimmern.

DAN kommt herein. Er trägt die braune Aktentasche aus der Ersten Szene.

ALICE Wo warst du?

(Kurze Pause)

Was?

DAN Arbeiten. Hab mit Harry einen getrunken. Mit Harry trinkt man nie nur einen.

ALICE Hast du gegessen? Ich hab n paar Sandwiches gemacht, ohne Kruste.

DAN Hab keinen Hunger.

(Pause)

ALICE Was?

DAN Das tut jetzt weh. Ich war mit Anna zusammen..

(Pause)

Wir lieben uns. Ich treffe mich mit ihr seit einem Jahr.

(ALICE verläßt den Raum, sich den Mund zuhaltend.
Auf der anderen Seite der Bühne: LARRY kommt herein. LARRY hat einen Koffer, Taschen, Duty-Free-Gepäck.)

LARRY Keine Bewegung. Diesen Augenblick will ich für immer in Erinnerung behalten; das erste Mal komme ich von einer

Dienstreise zurück zur Tür herein, um von meiner Frau begrüßt zu werden. Ich bin, in diesem Augenblick, erwachsen geworden.

(Er küßt ANNA.)

Danke, daß du aufgeblieben bist, Schatz. Göttin. Du hast mir gefehlt. Mensch, bin ich fertig.

ANNA Hast du auf dem Flug nicht geschlafen?

LARRY Nee, die dauergewellte Deutsche neben mir hat geröhrt wie ne Messerschmitt. Wie spät ist es?

ANNA Mitternacht.

LARRY Sieben. Ja, die Zeit... was für n tückischer kleiner Teufel. Mein Kopf hat zwei Aufenthaltsorte. Das Hirn tut richtig weh.

ANNA Möchtest du was essen?

LARRY Nee, ich hab im Flugzeug meine „Scooby Snacks" gefuttert. Ich brauch n Bad.

ANNA Soll ich dir eins machen?

LARRY Ich geh unter die Dusche. Bei dir alles klar?

ANNA Mmhmm.

LARRY Tut mir leid, daß ich dich nicht angerufen hab. Das heißt, ich hab angerufen, aber du warst nicht da.

(Kurze Pause)

ANNA Wie war das Hotel?

(LARRY zieht eine Flasche Scotch aus der Duty-Free-Tüte und nimmt einen langen Schluck.)

LARRY Mir hat jemand erzählt, daß diese schönen Menschen vom »Paramount Hotel«, der Portier und die Pagen und Mädchen... wußtest du das... das sind alles Huren.

ANNA Das weiß jeder.

LARRY Ich wußt es nicht. Auch einen?

(ANNA schüttelt den Kopf.)

New York mag ich. Was für ne Stadt: Eine Vierundzwanzig-Stunden-Show mit dem Titel »Kotz dir die Seele ausm Leib«. Die feiern, wie sie sich verraten und verkaufen. Ein Karneval der Selbsterniedrigung. Dann... du kommst wieder in Heathrow an, das Erste, was du siehst, ist dieser Teppich... dieser unglaubliche Teppich... was für ne Scheißfarbe hat dieser Teppich vom Heathrow Airport? Den müssen sie gelegt haben, um Ausländer zu beruhigen, daß wir kein ernstzunehmendes Land sind. Gott, ich stinke.

ANNA Alles klar bei dir?

LARRY Soweit, ja. Hab nicht den Eindruck, du hast Lust auf eine freundschaftliche Vögelei?

ANNA Ich hab gerade gebadet.

LARRY Dann kümmere ich mich um mich selbst, in unserem „Designerbad".

ANNA Das Badezimmer hast du ausgesucht.

LARRY Eben, und immer, wenn ich mich darin wasche, fühl ich mich dreckig. Es ist sauberer als ich selbst. Es hat Stil. Der Spiegel fragt „Was bist du denn für n Arsch?"

ANNA Du hast es ausgesucht.

LARRY Muß nicht heißen, daß ich es mag. Sollten wir nicht haben... sowas.

(Er gestikuliert vage herum.)

ANNA Hast du bürgerliche Schuldgefühle?

LARRY Arbeiterklassen-Schuldgefühle.

(Pause)

Wieso bist du angezogen? Wenn du gerade gebadet hast.

ANNA Wir brauchten Milch.

(Kurze Pause)

LARRY Schön. Mit dir alles klar?

ANNA Ähäh. Dir?

LARRY Jaja.

(LARRY geht hinaus. ALICE kommt herein. Sie trägt die schwarze Jacke aus der Ersten Szene. Ihren Rucksack aus derselben Szene hat sie in der Hand.)

ALICE Ich gehe.

DAN Es tut mir leid.

ALICE Egal. Was tut dir leid?

DAN Alles.

(Kurze Pause)

ALICE Warum hast dus mir nicht vorher gesagt?

(Kurze Pause)

DAN Feigheit.

ALICE Kommt das, weil sie clever ist?

DAN Nein, weil... sie mich nicht braucht.

ALICE Holst du sie hierher?

DAN Ja.

ALICE Sie sitzt hier?

DAN Ja.

(Kurze Pause)

ALICE Hat sie nicht geheiratet?

DAN Sie hat sich auch nicht mehr mit mir getroffen.

ALICE War das, als wir aufs Land gefahren sind? Unsern dritten Jahrestag zu feiern?

DAN Ja.

ALICE Hab wenigstens den Mut, mich anzugucken, du Sau.

(DAN sieht sie an.)

Hast du sie angerufen? Sie zu bitten, daß sie zurückkommt?

(DAN nickt.)

Als du deine langen einsamen Spaziergänge gemacht hast?

DAN Ja.

ALICE Du bist ein kleiner Scheißer.

DAN Betrug ist brutal, das streit ich gar nicht ab.

ALICE Wie... wie funktioniert das... wie kannst du das jemandem antun?

DAN Weiß ich nicht.

ALICE Das reicht nicht. Ich gehe.

DAN Es ist spät jetzt, draußen ist es nicht sicher.

ALICE Aber hier ist es sicher?

DAN Und deine Sachen?

ALICE Ich brauch keine „Sachen".

(LARRY kommt herein, im Morgenmantel, er hat geduscht. Er gibt ANNA einen Schuhkarton.)

LARRY Der Sultan ist geschenkbeladen heimgekehrt.

(ANNA macht den Karton auf und nimmt die Schuhe heraus.)

DAN Wo willst du hin?

ALICE Ich werde verschwinden.

ANNA Schön sind die. Dankeschön.

LARRY Du kannst sie zu der Feier anziehn... Freitag, im Krankenhaus.

(ANNA verzieht das Gesicht.)

Ich muß da mal in Erscheinung treten, ich bin nie da. Ich hab mehr Privatpatienten als die Versicherung.

(DAN bewegt sich auf ALICE zu.)

ALICE KOMM MIR NICHT ZU NAHE.

LARRY Heh, rat mal. Alice war im Paramount Hotel.

ANNA Was?

LARRY In der Lobby kann man Kunstpostkarten kaufen. Ich hab eine genommen, um deine Einnahmen in die Höhe zu treiben.

(Er findet sie in seiner Tasche und liest die Rückseite.)

»Junge Frau, London«.

(Er gibt sie ihr.)

Und... ich hab nach deinem Buch geguckt im »Museum of Modern Art« – es ist da. Irgend n Scheißer hat eins gekauft; so n „könstlerischer" Student mit ner verrückten Brille. Er hechelte über deinem Foto auf der Umschlag-Innenseite – stellte sich was vor, das kleine Ekel. Ich war so stolz auf dich, du hast New York erobert.

ANNA Du bist wunderbar.

LARRY Vergiß es nie.

(LARRY geht hinaus.)

ALICE Überlegs dir. Bitte überlegs dir.

(Pause)

Kann ich mich weiter mit dir treffen?

(Kurze Pause)

Dan, kann ich mich weiter mit dir treffen? Antworte mir.

DAN Ich kann mich nicht mit dir treffen. Wenn ich mich mit dir treffe, verlaß ich dich nie.

ALICE Was machst du, wenn ich jemand anders finde?

DAN Eifersüchtig sein.

(Kurze Pause)

ALICE Magst mich immer noch?

DAN Klar.

(Pause. Sie schüttelt den Kopf.)

ALICE Du lügst. Ich war jetzt „du".

(Kurze Pause)

Hältst mich?

(DAN hält sie.)

Ich bin lustig für dich, aber langweilig.

DAN Nein. Nein.

ALICE Du hast mich geliebt?

DAN Ich werde dich immer lieben. Du hast mein Leben verändert. Um keinen Preis will ich dich verletzen.

ALICE Warum tust dus dann?

DAN Weil... ich glaube, daß ich mit ihr glücklicher werde.

ALICE Wirst du nich. Ich werd dir fehlen. Keine wird dich so sehr lieben wie ich.

DAN Weiß ich.

ALICE Warum is Liebe nich genug?

(Pause)

Wer hier weggeht, bin ich. Ich muß dich ja verlassen. Wer hier weggeht, bin ich.

(Pause)

Mach Tee... Django.

(DAN geht hinaus. ANNA und ALICE sind allein. LARRY kommt herein. Er hat Hosen an und den schwarzen Kaschmirpullover aus der Fünften Szene.)

ANNA Warum bist du angezogen?

LARRY Weil ich glaube, du verläßt mich womöglich, und dabei wollte ich keinen Morgenmantel anhaben.

(Pause)

Ich hab in New York wen gefickt. Eine Hure. Es tut mir leid.

(Kurze Pause)

Bitte verlaß mich nicht.

ANNA Warum?

LARRY Sex. Ich wollte Sex. Ich hab ein Kondom benutzt.

ANNA War es... gut?

(LARRY gibt achselzuckend Laute der Geringschätzung von sich.)

LARRY Ja.

ANNA Hure vom Paramount?

LARRY Nein... vierzigste... nochwas Straße.

ANNA Wohin seid ihr gegangen?

LARRY Zu ihr.

ANNA Schön?

LARRY Nicht so schön wie bei uns. Es tut mir wirklich leid.

ANNA Warum hast dus mir erzählt?

LARRY Ich konnte dich nicht belügen.

ANNA Warum nicht?

LARRY Weil ich dich liebe.

(Kurze Pause)

ANNA Ist gut.

LARRY Ehrlich? Wieso?

(ANNA betrachtet die Schuhe.)

ANNA Schuldgeschenk?

LARRY Liebesgeschenk. Irgendwas stimmt nicht...

ANNA Ja.

(Pause)

LARRY Verläßt du mich?

(Sie nickt.)

Warum?

ANNA Dan.

(Kurze Pause)

LARRY Cupido? Er ist unser Scherz.

ANNA Ich liebe ihn.

(Pause)

LARRY Du triffst dich mit ihm...

ANNA Ja.

LARRY Seit wann?

ANNA Meiner Vernissage, letztes Jahr. Ich bin widerlich.

LARRY Du bist... phänomenal... du bist unheimlich... clever.

(Kurze Pause)

Warum hast du mich geheiratet?

ANNA Ich hab mich nicht mehr mit ihm getroffen. Ich wollte, daß es mit uns klappt.

LARRY Warum hast du mir erzählt, du wolltest Kinder?

ANNA Weil es so war.

LARRY Und jetzt willst du Kinder mit ihm?

ANNA Ja. Weiß nicht. Es tut mir leid.

LARRY Warum?

ANNA Ich brauch ihn.

LARRY Aber... Wir sind glücklich. Oder nicht?

ANNA Doch.

(Kurze Pause)

LARRY Willst du mit ihm zusammenleben?

ANNA Ja. Bleib du hier, wenn du willst.

LARRY Is mir doch scheißegal...die „Errungenschaften".

(ALICE steht auf und geht weg.)

Du hast das getan an dem Tag, an dem wir uns begegnet sind; hast zugesehen, wie ich Idiot mich selbst stranguliere, hast mich... erniedrigt, zu deinem Vergnügen. Warum hast dus mir nicht im selben Moment gesagt, als ich zur Tür reinkam?

ANNA Ich hatte Angst.

LARRY Weil du feige bist. Du verwöhnte Nutte.

(DAN kommt mit zwei Tassen Tee herein, er sieht, daß ALICE nicht mehr da ist. Er geht ihr nach.)

Bist du angezogen, weil du dachtest, ich könnte dich schlagen? Was glaubst du, wer ich bin?

ANNA Ich bin schon geschlagen worden.

LARRY Nicht von mir.

(Pause)

LARRY Ist er ein guter Fick?

ANNA Tu das nicht.

LARRY Beantworte nur die Frage. Ist er gut?

ANNA Ja.

LARRY Besser als ich?

ANNA Anders.

LARRY Besser?

ANNA Sanfter.

LARRY Was soll das heißen?

ANNA Du weißt, was es heißt.

LARRY Sags mir.

ANNA Nein.

LARRY Ich behandle dich wie eine Hure?

ANNA Manchmal.

LARRY Woran könnte das liegen?

(Schweigen)

ANNA Tut mir leid. Es ist passiert. Du bist zu -

LARRY Sags nicht, sag jetzt bloß nicht „Du bist zu gut für mich". *(Sanft)* Du machst den Fehler deines Lebens. Du verläßt mich, weil du glaubst, du verdienst kein Glück. Aber du verdienst es, Anna, verfluchtnochmal, du verdienst es.

(Kurze Pause)

Hast du gebadet, weil du Sex mit ihm hattest?

(ANNA sieht ihn an.)

Damit du nicht nach ihm riechst? Damit du dich weniger schuldig fühlst?

ANNA Ja.

LARRY Und wie fühlst du dich?

ANNA Schuldig.

LARRY Liebst du mich?

ANNA Ja.

LARRY Großartige Scheiße.

(Pause)

Bitte verlaß mich nicht, Anna.

(ANNA hält ihn. Auf der anderen Seite der Bühne kommt DAN herein, setzt sich hin.)

Habt ihrs hier gemacht?

ANNA Nein.

LARRY Warum nicht?

ANNA Wär dir das lieber?

LARRY *(hart)* Sag mir einfach die Wahrheit.

ANNA Ja, wir habens hier gemacht.

LARRY Wo?

ANNA Hier.

LARRY Auf dem?

ANNA Ja.

LARRY Auf dem haben wir zum erstenmal gefickt.

(Kurze Pause)

An mich gedacht?

(Kurze Pause)

Wann? Wann habt ihrs hier gemacht? BEANTWORTE DIE SCHEISSFRAGE.

ANNA *(verängstigt)* Heute Abend.

(Pause)

LARRY Bist du gekommen?

ANNA Warum tust du das?

LARRY Weil ichs wissen will.

ANNA Ja, ich bin gekommen.

LARRY Wie oft?

ANNA Zweimal.

LARRY Wie?

ANNA Erst ist er an mir runter, und dann haben wir gefickt.

LARRY Wer war wo?

ANNA Ich war oben, und dann hat er mich von hinten gefickt.

LARRY Und dabei bist du zum zweitenmal gekommen?

ANNA Warum ist der Sex so wichtig?

LARRY WEIL ICH EIN SCHEISSHÖHLENBEWOHNER BIN. Hast du dich angefaßt, während er dich gefickt hat?

ANNA Ja.

LARRY Du wichst für ihn?

ANNA Manchmal.

LARRY Und er?

ANNA Wir tun alles, was Leute, die Sex miteinander haben, tun.

LARRY Lutschst du ihm gern einen?

ANNA Ja.

LARRY Du magst seinen Schwanz?

ANNA Ich liebe ihn.

LARRY Magst du, wenn er dir im Gesicht kommt?

ANNA Ja.

LARRY Wonach schmeckt er?

ANNA ER SCHMECKT WIE DU, BLOSS SÜSSER.

LARRY NA ENDLICH. DANK DIR. DANK DIR FÜR DEINE EHRLICHKEIT. UND JETZT VERPISS DICH UND VERRECK, DU VERKORKSTE HURE.

BLACKOUT

ZWEITER AKT

Siebente Szene

Lapdance Club

Nachts. September 1996

LARRY sitzt. Er trägt einen Anzug. Vor einer Viertelstunde hat er sich eine große Straße Kokain reingezogen.

ALICE steht. Sie hat ein kurzes Kleid und schwarze Stöckelschuhe an. Sie trägt eine Perücke. Sie hat ein Strumpfband um den Oberschenkel, im Strumpfband steckt Geld.

Sie sind in einem Séparée. Entfernt Musik

LARRY sieht sie an. Sie lächelt. Sie ist nett zu ihm.

LARRY Ich liebe dich.

(Pause)

ALICE Dankeschön.

LARRY Wie nennt sich dieser Raum?

ALICE Die Paradies Suite.

LARRY Wie viele Paradies Suiten gibt es hier denn?

ALICE Sechs.

LARRY Muß ich dafür zahlen, daß du mit mir redest?

ALICE Nein, aber es liegt bei dir, ob du mir Trinkgeld geben willst.

(Er zieht einen Zwanziger heraus und steckt ihn in ihr Strumpfband.)

Dankeschön.

LARRY Ich bin in New York in so einen Schuppen gegangen. Dieser ist schnieke. Pornographie ist im Kurs gestiegen – Eins rauf für England. Vor zwanzig Jahren bin ich immer hierher gekommen...

da wars n Punk Treff... die Bühne war... alles ist ne Version von was Anderem.

(Er nimmt einen Schluck von seinem Drink.)

Vor zwanzig Jahren, wie alt warst du da?

ALICE Vier.

LARRY Heiland, als ich im Aufstand war, lagst du in den Windeln.

ALICE In meinen Windeln war Aufstand.

(LARRY lacht.)

LARRY Hast du dieses Teil in der »Sunday... Blabla« gesehn – wo so ne Beilagen-Nutte losbrettert über Lapdance – „Der neue Rock'n Roll". Was für ne Hirnsuse. Das ist doch echter Fortschritt, findst du nicht?

ALICE England importiert aus Amerika immer das Beste.

LARRY Du hast ein Engelsgesicht.

ALICE Dankeschön.

LARRY Wonach schmeckt deine Möse?

ALICE Nach Himmel.

LARRY Seit wann machst du das hier?

ALICE Drei Monate.

LARRY Direkt, nachdem er dich verlassen hat?

ALICE Mich hat niemand verlassen.

(Kurze Pause)

LARRY Macht dich das geil?

ALICE Kommt vor.

LARRY Lügnerin. Du erzählst mir, es macht dich geil, weil du glaubst, das ist es, was ich hören will. Du glaubst, es macht mich geil, daß es dich geil macht.

ALICE Der Gedanke, daß ichs mir selbst besorge, wenn ich für Fremde strippe, macht dich nicht geil?

LARRY So gesehen... ja.

(Sie zeigt ihm ihren Hintern.)

LARRY Flirtest du hier mit mir?

ALICE Wer weiß.

LARRY Darfst du mit mir flirten?

ALICE Logisch.

LARRY Ehrlich?

ALICE Nein, darf ich nicht, ich übertrete sämtliche Vorschriften.

LARRY Du nimmst mich auf n Arm.

(Sie setzt sich ihm gegenüber.)

ALICE Ja, ich darf flirten.

LARRY Um mein Geld locker zu machen.

ALICE Um dein Geld locker zu machen, kann ich sagen und tun, was mir paßt.

LARRY Außer, mich anfassen.

ALICE Anfassen dürfen wir nicht.

LARRY Findest du das eine gute Regel?

ALICE Oh ja.

(Kurze Pause)

LARRY Mach die Beine breit. Weiter.

(LARRY guckt ihr zwischen die Beine.)

Was passiert, wenn ich dich jetzt anfasse?

ALICE Ich rufe die Sicherheit.

LARRY Und was tun die?

ALICE Die fordern dich auf, zu gehn und fordern dich auf, nicht wiederzukommen.

LARRY Und wenn ich es ablehne zu gehn?

ALICE Dann entfernen sie dich. Das ist hier ein Venezianischer Spiegel.

(Sie deutet mit dem Kopf ins Publikum.)

In der Decke sind Kameras.

(Kurze Pause. LARRY streift mit einem Blick die Decke und das Publikum.)

LARRY Ich glaube, ich versuche lieber nicht, dich anzufassen.

(Kurze Pause)

Ich möchte dich gern anfassen... später.

ALICE Ich bin keine Hure.

LARRY Ich würde nicht zahlen.

(Kurze Pause)

Warum, verfluchtnochmal, hat er dich verlassen?

ALICE Was für n Job hast du?

LARRY Das is ne Frage. Du hast mich etwas gefragt.

ALICE Und?

LARRY Das is n Sprung in deiner Rüstung.

ALICE Ich trage keine Rüstung.

LARRY Doch doch. Ich bin im Hautgewerbe.

ALICE Dir gehören Strip Clubs?

LARRY Seh ich aus wie ein Mann, dem Strip Clubs gehören?

ALICE Ja.

(Er guckt in den Spiegel.)

LARRY Präzisier dieses Aussehn.

ALICE Reich.

LARRY Nimm die Beine zusammen. Mir gehören keine Strip Clubs.

ALICE Gehören dir Golf Clubs?

LARRY Du weißt, was ich mache. Warum nennst du dich Jane?

ALICE Weil ich so heiße.

LARRY Wir beide wissen aber, das stimmt nicht. Ihr alle verbergt eure Identität. Das Mädchen da drin, das sich »Venus« nennt. Wie heißt sie wirklich?

ALICE Pluto.

LARRY Du bist frech.

ALICE Möchtest du, daß ich nicht mehr frech bin?

LARRY Nein.

(Kurze Pause)

ALICE Wie heißt du?

LARRY Daniel.

ALICE Daniel, der Dermatologe.

LARRY Ich hab dir nie meinen Beruf genannt.

ALICE Ich hab geraten.

(Kurze Pause)

LARRY Du bist ne starke Nummer. Da is ne andre drin (nach den Narben zu urteilen, kürzlich Patientin von Doktor Titte), die nennt sich »Cupido«. Wer sagt ihr, daß Cupido ein Kerl war?

ALICE Das war kein Kerl. Das war ein kleiner Junge.

(Pause)

LARRY Ich möchte, daß du mir deinen Namen sagst. Bitte.

(Er gibt ihr zwanzig Pfund Sterling.)

ALICE Dankeschön. Mein Name ist Jane.

LARRY Deinen richtigen Namen.

(Er gibt ihr zwanzig Pfund.)

ALICE Dankeschön. Mein richtiger Name ist Jane.

LARRY Vorsicht.

(Er gibt ihr zwanzig Pfund.)

ALICE Dankeschön. Immer noch Jane.

(Pause)

LARRY Ich habe hier noch fünfhundert Pfund.

(Er holt das Geld raus.)

Warum geb ich dir nicht das ganze Geld, und du sagst mir, wie dein richtiger Name ist. Alice.

(Er bietet ihr das Geld an. Sie will es nehmen. Er läßt es nicht los.)

ALICE Ich verspreche...

(Er gibt ihr das Geld.)

Mein richtiger Name ist schlicht und einfach... Jane... Jones.

LARRY Vielleicht bin ich reich, aber ich bin nicht blöd.

ALICE Was n Jammer, Doc, ich habs gern reich und blöd.

LARRY MACH KEINEN SCHEISS MIT MIR.

ALICE Ich bitte um Verzeihung.

LARRY Akzeptiert. Alle Mädchen in diesem Höllenloch hier: die atmenden Roboter, die vollgekoksten Püppchen – und du bist nicht anders –, ihr alle benutzt Bühnennamen, um euch vorzuspielen, daß ihr jemand anders seid, damit ihr euch nicht schämt, wenn ihr wildfremden Scheißern eure Fotzen und Arschlöcher zeigt. Ich versuch hier, ein Gespräch zu führen.

ALICE Du hast kein Geld mehr, Django.

LARRY Ich hab das Zimmer bezahlt.

ALICE Dies ist extra.

LARRY Wir sind uns letztes Jahr begegnet.

ALICE Falsche Braut.

LARRY Ich habe dein Gesicht berührt ... auf Annas ...

(Pause)

Ich weiß, daß du Kummer hast. Ich weiß, daß du... kaputt bist.

(Pause)

RED MIT MIR.

ALICE Tu ich.

LARRY Red mit mir von Mensch zu Mensch.

(Schweigen)

Ich wußte nicht, daß du hier bist. Ich weiß, wer du bist. Ich liebe deine Narbe, ich liebe alles an dir, was weh tut.

(LARRY hat einen Zusammenbruch.)

Sie fehlt mir. Ich liebe sie. Sie will sich nicht mal mit mir treffen. RED MIT MIR.

(LARRY schluchzt.)

Dir gehts genauso, ich weiß, dir gehts genauso.

ALICE Du kannst hier nicht heulen.

LARRY Halt mich, laß mich dich halten.

ALICE Anfassen dürfen wir nicht.

(Pause)

LARRY Komm mit mir nachhause, Alice. Da bist du sicher. Laß mich für dich sorgen.

ALICE Für mich braucht man nicht zu sorgen.

LARRY Fürsorge braucht jeder.

ALICE Ich bin nicht dein Vergeltungsfick.

(Kurze Pause)

LARRY Ich bezahl dich.

ALICE Ich brauch dein Geld nicht.

LARRY Du hast mein Geld.

ALICE Dankeschön.

LARRY Dankeschön, dankeschön. Ist das auch ne Vorschrift?

ALICE Ich bin nur höflich.

(Kurze Pause)

LARRY Kommen viele Männer her, die das heulende Elend kriegen?

ALICE Berufsrisiko.

(Kurze Pause)

LARRY Hattest du schon mal Verlangen nach einem Kunden?

ALICE Ja.

LARRY Hol mich raus aus meinem Elend, hast du... Verlangen nach mir? Ich bin nämlich echt scheißehrlich mit meinen Empfindungen für dich.

ALICE Deinen Empfindungen?

LARRY Egal was.

ALICE Nein. Ich hab kein Verlangen nach dir.

(Schweigen)

LARRY Dankeschön. Verbindlichen Dank für deine Ehrlichkeit. Nächste Frage, hältst du es für möglich, etwas anderes in mir zu sehen als einen traurigen Spielautomaten, der Geld ausspuckt?

ALICE So funktioniert das Geschäft, du die Kundschaft, ich die Bedienung.

LARRY Heh, wir sind hier in einem Strip Club, debattiern wir nicht über Sexualpolitik.

ALICE Debattiern?

LARRY Dir juckt das Fell, Verführerin.

ALICE Ganz und gar nicht.

(Pause)

LARRY Aber du bist verführerisch.

ALICE Dankeschön.

(Kurze Pause)

LARRY Leihst du mir das Geld fürs Taxi?

ALICE *(lacht)* Nein.

LARRY Ich gebs dir morgen zurück.

ALICE Geschäftspolitik, ihr gebt uns das Geld.

LARRY Und was kriegen wir dafür wieder?

ALICE Wir sind nett zu euch.

LARRY Und wir kriegen euch nackt zu sehn.

ALICE Phantastisch.

LARRY Es sei denn... ihr glaubt, ihr habt uns nichts von euch selbst gegeben. Ihr glaubt, weil ihr uns nicht liebt oder wollt oder auch nur mögt, habt ihr gewonnen.

ALICE Es ist kein Krieg.

(LARRY lacht.)

LARRY Aber ihr gebt uns was von euch selbst: ihr gebt uns Bilder, und damit machen wir, was wir wollen.

(Pause)

Ihr versteht euch nicht aufs Territorium. Denn ihr seid das Territorium.

(Kurze Pause)

Ich kann dich auffordern, jetzt zu strippen.

ALICE Ja.

LARRY Machst dus?

ALICE Logisch. Soll ich?

LARRY Nein. Alice...sag mir irgendwas Wahres.

ALICE Lügen ist der größte Spaß, den ein Mädchen haben kann, ohne sich auszuziehn. Aber man sollte es lieber tun.

LARRY Du bist kalt. Ihr seid alle kalt bis ins Herz.

(LARRY starrt in den Venezianischen Spiegel.)

WAS MUSS MAN TUN, UM HIER EIN FÜNKCHEN PERSÖNLICHE NÄHE ZU KRIEGEN?

ALICE Na, ich seh zu, daß meine persönliche Nähe nächstesmal besser funktioniert.

LARRY Nee, ich sag dir mal, was hier funktioniert. Was hier funktioniert, ist, daß du dich jetzt sofort ausziehst, und dann drehst du dich ganz langsam herum und bückst dich und darfst zu meinem glotzenden Vergnügen den Fußboden anfassen.

ALICE Und das willst du?

LARRY Was könnte ich sonst wollen?

(Sie sieht ihn unverwandt an und beginnt, sich zu entkleiden, langsam.)

BLACKOUT

Achte Szene

Bar

Abend / Mittagszeit. Oktober 1996

DAN sitzt mit einem Getränk an einem Tisch. Er raucht. ANNA kommt.

ANNA Tut mir leid. Tut mir wirklich leid.

(Er küßt sie.)

DAN Was war denn?

ANNA Verkehr.

(Sie setzt sich.)

DAN Du bist ganz rot, du hättest nicht so hetzen müssen.

(Sie lächelt.)

ANNA Hast du schon bestellt?

DAN Ich hab die Karte bestellt. Also... wie ist es gegangen?

ANNA Ach... gut.

DAN Habt ihr zu Mittag gegessen?

ANNA Hmhm.

DAN Wo?

ANNA Hier.

DAN Wieso?

ANNA Aus Spaß. Er kanns hier nicht ausstehn.

DAN Ich auch nicht. Und dann?

ANNA Dann sind wir gegangen.

DAN Und?

ANNA Es gibt kein „Und".

DAN *(leichthin)* Du hast ihn vier Monate nicht gesehn, es muß ein „Und" geben.

(ANNA zuckt die Achseln.)

Wie gehts ihm?

ANNA Schrecklich.

DAN Und beruflich?

ANNA Hat seine eigene Praxis aufgemacht.

DAN Wie vereinbart er das mit seiner politischen Überzeugung?

ANNA Mit Politik hat er momentan nicht viel am Hut.

DAN Hat er das Lokal vollgeheult?

ANNA Ein bißchen.

DAN Armer Hund. War er... schwierig?

(Kurze Pause)

ANNA Bist du böse, daß ich ihn getroffen hab?

DAN Nein. Ich kapier bloß nicht, wieso. Ich hab Alice nicht getroffen.

ANNA Alice kannst du nicht treffen, du weißt nicht, wo sie ist.

DAN Ich hab nicht versucht, sie zu finden.

ANNA Seit Monaten bettelt er darum, mich zu sehen. Du weißt, warum ich ihn getroffen hab. Ich hab ihn getroffen, damit er... unterschreibt.

DAN Hat er denn unterschrieben?

ANNA Ja.

DAN Glückwunsch. Jetzt bist du eine Geschiedene. Doppelt Geschiedene. Tschuldigung.

(DAN streckt ihr die Hand entgegen, sie nimmt sie.)

Wie fühlst du dich?

ANNA Müde.

(DAN küßt ihre Hand.)

DAN Ich liebe dich... Aber ich muß mal pinkeln.

(DAN geht hinaus.
ANNA langt in ihre Tasche und zieht die Scheidungspapiere heraus.
LARRY kommt herein.)

LARRY *(setzt sich)* Tag.

ANNA Hallo.

(LARRY guckt ANNA an und sieht sich um.)

LARRY Kann ich nicht ausstehn hier.

ANNA Es liegt wenigstens zentral.

LARRY Zentral kann ich nicht ausstehn, das Zentrum von London ist ein Themenpark. Was passé ist, kann ich nicht ausstehn, aber die Zukunft auch nicht. Wo bleib *ich* dabei ab?

(Er sieht sie an.)

Komm zurück.

ANNA Das hast versprochen, du wolltest nicht.

LARRY Komm zurück.

ANNA Was macht die Arbeit?

LARRY Ach du lieber Gott. Scheiß auf die Arbeit, Mensch.

(Er sieht sich nach einer Bedienung um.)

Wird man hier auch bedient?

ANNA Sind alle beschäftigt.

LARRY Ich liebe dich. Komm bitte zurück.

ANNA Ich komm nicht zurück, unterschreib das.

(Sie breitet die Scheidungspapiere aus.)

LARRY Keinen Schreiber.

(ANNA gibt ihm was zu schreiben.)

ANNA Schreiber.

(Sie drückt ihm was zu schreiben in die Hand. Er hält ihre Hand fest.)

Laß meine Hand los.

(Er läßt sie los.)

Unterschreib.

LARRY Ich unterschreibe unter einer Bedingung; wir lassen das Mittagessen sausen, wir gehn in meine gepflegte kleine Praxis, und wir taufen die Patientenliege mit unserem Abschiedsfick.

(Pause)

Ich weiß, du willst nicht, ich weiß, du denkst, ich bin nicht ganz dicht, das zu verlangen – aber das verlang ich. Um alter Zeiten willen, weil ich verrückt nach dir bin, weil ich dich nicht vergessen kann, wenn du nicht noch mal... weil es mir ein bißchen so vorkommt, als ob du mir was dafür schuldest, daß du mich so nach Strich und Faden... betrügst.

(Pause)

Aus allen diesen Gründen bitte ich dich, mir deinen Körper zu geben. Sei meine Hure, und ich bezahle dich dafür mit deiner Freiheit. Wenn du das tust, schwöre ich dir, dich in Frieden zu lassen. Du weißt, daß ich mein Wort halte. Ich gebe dir die Scheidung, und beizeiten werde ich die Möglichkeit von Freundschaft in Erwägung ziehen.

(Pause)

Ich geh an die Bar. Ich nehme an, du trinkst noch Wodka Tonic?

(ANNA nickt.
LARRY geht hinaus.
DAN kommt zurück.)

DAN Hat sich ne Bedienung sehn lassen?

ANNA Nein.

DAN Möchtest du was essen?

ANNA Ich hab keinen Hunger.

(DAN sieht sie an. Langsam wendet sie sich ihm zu.)

DAN Du hast mit ihm geschlafen, nicht?

ANNA Ja.

(DAN lächelt.)

DAN Was erwartest du von mir?

ANNA Verständnis... ?

DAN Warum hast du mich nicht belogen?

ANNA Ich will dich nie belügen. Wir haben gesagt, wir wollten uns immer die Wahrheit sagen.

DAN Was ist so toll an der Wahrheit? Versuch mal abwechlungshalber zu lügen – das ist die Weltwährung.

ANNA Ich habs getan, damit er uns in Frieden läßt. Ich hab getan, was er wollte, und jetzt geht er seiner Wege. Ich hab ihm nichts geschenkt.

DAN Deinen Körper?

ANNA Vor dir gab es andere. Kämm die Klöster durch, Dan, such dir ne Jungfrau.

DAN Is nich dasselbe.

(DAN greift nach seinen Zigaretten.)

ANNA Wenn Alice zu dir käme... verzweifelt, in Tränen, und sie würde sagen, sie braucht, daß du sie willst, damit sie von dir loskommt, du würdest es tun, bei all der Liebe, die ihr noch füreinander habt. Mir würde das auch nicht schmecken, aber ich würde dir verzeihn, weil es bloß... ein Gnadenfick ist... ein Beileidsfick. Moralische Vergewaltigung, macht jeder. Das ist... eine Gefälligkeit.

DAN Nee, das ist Feigheit. Du hast nicht den Mut, dich seinem Haß auszusetzen.

(Kurze Pause)

Hats dir Spaß gemacht?

ANNA Nein.

DAN Du hast also jede Sekunde gelitten?

(Kurze Pause)

Bist du gekommen?

ANNA Nein.

DAN Hast du so getan, als ob?

ANNA Ja.

DAN Warum?

ANNA Damit er glaubte, es macht mir Spaß, was denkst du denn.

DAN Wenn du bloß seine Hure warst, warum hast du ihm dann den Gefallen getan, daß er glauben konnte, es hätte dir Spaß gemacht?

ANNA Weiß ich nicht, habs einfach getan.

DAN Tust du auch bei mir so, als ob?

ANNA Ja, mach ich, ja. Von Dreimal tu ich einmal so, als ob, okay?

DAN Echt?

ANNA Ich hab nicht gezählt.

DAN *(hart)* Sag mir die Wahrheit.

ANNA Gelegentlich... hab ich so getan, als ob. Es spielt keine Rolle. Du machst mich nicht Kommen. Ich komme, und du bist... irgendwo in der Gegend... sorgst für... kräftige Unterstützung.

DAN Du machst mich kommen.

ANNA Du bist ein Mann, du kommst auch, wenn Frau Holle die Betten klopft.

(DAN lächelt.)

DAN Du hast dich verspätet, weil du direkt von ihm hierher gekommen bist.

(Pause)

ANNA Ja.

DAN Lange Veranstaltung.

(Sie versucht, seine Hand zu berühren, er zieht sie zurück.)

ANNA Dan... bitte, zeig was Größeres als... Eifersucht. Bitte, sei größer.

DAN Was kann größer sein als Eifersucht?

ANNA Warum küßt du mich nicht, wenn wir uns lieben? Du willst nicht mal, daß ich sage, ich liebe dich.

(Kurze Pause)

Ich bin ja auf deiner Seite. Sag was.

DAN Es tut weh. Es ist beschämend. Ich weiß, es ist unlogisch, und ich hab auch Verständnis, aber ich hasse dich.

(Kurze Pause)

Ich liebe dich, und ich mag nicht, daß andere Männer dich ficken. Ist das so abwegig?

ANNA Nein. Doch. Es war bloß Sex.

DAN Wenn du ihn noch ficken kannst, hast du ihn nicht verlassen.

(Pause)

Es ist aus... wir sind nicht mehr unschuldig.

ANNA Nimm mir nicht deine Liebe, ich sehe, wie sie dir abhanden kommt. Es tut mir leid, es war dumm von mir. Es hat nichts bedeutet. Wenn du mich genügend liebst, verzeihst du mir.

DAN Willst du mich testen?

ANNA Nein. Ich verstehe es auch.

DAN Nee. Er verstehts.

(Er sieht sie an.)

Überall seh ich nur noch ihn auf dir. Er ist clever, dein Ex-Mann – fast bewundere ich ihn.

(Schweigen)

ANNA Wo bist du?

Alice?

DAN *(lächelt)* Ich hab mal die Zeitung gelesen. Sie wollte Aufmerksamkeit. Sie hockte sich auf den Teppich und pißte direkt vor meine Nase. Ist das nicht das Bezauberndste, was du je gehört hast?

ANNA Ich war bezaubert von der durchlöcherten Strickjacke am Strand. Warum hast du ewige Liebe geschworen, wenn es dir bloß um einen Fick ging?

DAN Mir ging es nicht bloß um einen Fick, mir gings um dich.

ANNA Du wolltest den Reiz. Liebe langweilt dich.

DAN Nein, sie enttäuscht mich.

(Kurze Pause)

Ich glaube, es hat dir Spaß gemacht. Er lockt dich ins Bett... die alten Scherze, die fremde Vertrautheit... wo wart ihr?

ANNA Seine neue Praxis.

DAN Hübsch?

ANNA Okay.

DAN Ich glaube, ihr hattet einen Heidenspaß. Und die Wahrheit ist... ich werde es nie wissen, wenn ich nicht *ihn* frage.

ANNA Warum tust dus dann nicht?

(LARRY kommt mit zwei Drinks zurück an den Tisch. Wodka Tonic für ANNA, Scotch und Soda für sich selbst.)

(Zu LARRY) Trink dein Glas aus, und dann gehn wir.

(LARRY sieht sie an.)

(Zu LARRY) Ich tus, weil ich mich schuldig fühle, und weil du mir leid tust. Das weißt du doch?

LARRY Ja.

ANNA *(zu LARRY)* Findest du dich gut?

(LARRY trinkt.)

DAN *(zu ANNA)* Entschuldige.

ANNA *(zu DAN)* Ich habs nicht getan, um dir weh zu tun. Es geht nicht nur um dich.

DAN *(zu ANNA)* Weiß schon. Gehn wir nachhause. Ich hol meinen Mantel.

(DAN geht hinaus. LARRY setzt sich.)

LARRY Wirst dus ihm sagen?

ANNA Keine Ahnung.

LARRY *(hilfsbereit)* Lieber ehrlich sein in diesen Dingen.

ANNA Unterschreib.

LARRY Ich verzeih dir.

ANNA Unterschreib.

(LARRY unterschreibt.)

BLACKOUT

Neunte Szene

Museum

Nachmittag. November 1996

Eine Glasvitrine mit der lebensechten Figur eines viktorianischen Kindes. Ein Mädchen in Lumpen vor dem Hintergrund einer Londoner Straße um 1880.

ALICE ist allein. Sie trägt einen Kaschmirpullover. Sie betrachtet das Ausstellungsstück. Sie hat ein kleines Paket in der Hand.

LARRY kommt. Er beobachtet sie.

LARRY Junge Frau, London.

(ALICE dreht sich um.)

Hallo Verführerin.

ALICE Du bist überfällig, alter Furzer.

LARRY Entschuldigung.

(Sie küssen sich, innig.)

Du kleines Biest.

(LARRY zupft am Pullover.)

ALICE Der heilige Pullover. Ich geb ihn dir wieder.

LARRY Er steht dir. Behalt ihn.

ALICE Dankeschön.

(ALICE gibt ihm das Paket.)

Herzlichen Glückwunsch zum Geburtstag.

LARRY Dankeschön.

(Kurze Pause)

Ich komm zu spät, weil ich auf dem Weg hierher durch Postman's Park gegangen bin. Und ich hab mir ein bißchen das Denkmal angeguckt...

ALICE Oh.

LARRY Genau... oh.

(Pause. LARRY betrachtet das Ausstellungsstück. Lächelt ALICE an)

ALICE Verabscheust du mich jetzt?

LARRY Nein, ich bewundere dich.

ALICE Müssen wir darüber reden?

LARRY Nicht, wenn du nicht willst.

(Sie küßt ihn.)

ALICE Dankeschön. Ich hab eine Überraschung für dich.

LARRY Du bist voller Überraschungen.

(ALICE sieht auf LARRYs Uhr.)

ALICE Warte hier.

(ALICE geht. LARRY setzt sich. Er öffnet sein Paket, sieht hinein, lächelt.
Auf ihre Uhr sehend, kommt ANNA. Sie hat ein Handbuch und ihre Kamera. Sie trägt die Schuhe, die LARRY ihr in der Sechsten Szene gegeben hat. Sie sieht LARRY, bleibt stehen.
LARRY blickt auf, sieht sie. Pause)

ANNA Was machst du denn hier?

LARRY Ich... vertue einen Sonntag Nachmittag. Und du?

ANNA Ich treffe Alice.

LARRY Alice?

ANNA Dans Alice, Dans Ex-Alice. Sie hat mich heute Morgen im Studio angerufen... sie will ihre Negative...

LARRY Richtig...

(Kurze Pause)

ANNA Du gehst doch nicht ins Museum.

LARRY Der Augenschein läßt Anderes vermuten.

(Kurze Pause)

ANNA Dir gehts gut?

LARRY Ohja, und dir?

ANNA Okay. Heute ist dein Geburtstag.

LARRY Ich weiß.

ANNA Hab heute Morgen an dich gedacht.

LARRY Schön für mich.

ANNA Herzlichen Glückwunsch zum Geburtstag.

LARRY Dankeschön.

(Kurze Pause)

ANNA Geschenk?

LARRY Richtig.

ANNA Was ist es?

LARRY Eine Newton-Schaukel.

ANNA Von wem?

LARRY Meinem Vater.

ANNA Joe?

(Schweigen)

LARRY Sie ist von Alice. Ich ficke sie. Sie hat uns reingelegt. Ich hatte keine Ahnung, daß du dich mit ihr triffst.

(Pause)

ANNA Du bist alt genug, ihr Vorfahr zu sein.

LARRY Geschmacklos, nicht.

ANNA Du solltest dich schämen.

LARRY *(lächelnd)* Tu ich.

ANNA Wie...?

LARRY *(vage)* Ich ging in einen Club, und sie war zufällig dort.

ANNA In einem Club?

LARRY Genau, in einem Club.

ANNA Du gehst nicht in Clubs.

LARRY Wiederbelebung meiner Jugend.

ANNA War es ein Strip Club?

LARRY Weißt du, ich kann mich nicht erinnern.

(Kurze Pause)

Eifersüchtig? Ja, also...

ANNA Wann hat das angefangen?

LARRY Vor einem Monat ungefähr.

ANNA Bevor oder nachdem ich bei dir in der Praxis war?

LARRY Die Nacht zuvor. Ich mußte für sie strippen.

ANNA Ich wills gar nicht wissen.

LARRY Schon klar.

(Kurze Pause)

Hast du deinem „Seelenfreund" von diesem Nachmittag erzählt?

ANNA Selbstverständlich.

LARRY Wie hat ers aufgenommen?

ANNA Wie ein Mann.

(Sie sieht ihn an.)

LARRY Hab ich dir ja gesagt, es wär am besten, ehrlich zu sein.

ANNA Du bist schlau.

LARRY Ja?

(Kurze Pause)

Du liebst deine Handbücher. Du siehst wie ne Touristin aus.

ANNA So fühl ich mich. Haß mich nicht, bitte.

(Pause)

LARRY Ist leichter, als dich zu lieben.

(Pause)

Ich und Alice... das ist gar nichts.

ANNA Schönes Garnichts?

LARRY Und ob.

(Sie sehen sich an.)

Wo wir schon reden, kannst du mal mit deinem Anwalt sprechen? Ich warte immer noch auf die Bestätigung, daß wir geschieden sind.

(ALICE kommt.)

ALICE Ach, das glückliche Paar.

LARRY Ich glaub, ich laß euch lieber allein.

ALICE Gute Idee, ihn wollen wir während der Arbeit doch nicht hier haben?

LARRY *(zu ANNA)* Also dann.

(Küßt ALICE) Bis später, kleines Biest.

(Zu ANNA) Hübsche Schuhe übrigens.

(Er geht weg.)

ANNA Was hat dich so rabiat gemacht?

ALICE Ein bißchen Lebenserfahrung.

(Sie streicht über ihren Pullover.)

ANNA Du bist primitiv.

ALICE Exakt. Wie gehts Dan?

ANNA Gut.

ALICE Wie gehts ihm beruflich?

ANNA Er ist Ressortchef geworden.

ALICE Für Nachrufe?

ANNA Ja.

ALICE Wie das?

ANNA Der vorige Ressortchef ist gestorben.

(Kurze Pause)

ALICE Harry Masters?

ANNA Ja. Alkoholvergiftung. Dan war ganz aufgelöst, er saß eine Woche an seinem Bett, als er starb.

ALICE Hast du ihm gesagt, daß wir uns treffen?

ANNA Nein.

ALICE Schneidest du ihm die Krusten ab?

ANNA Bitte?

ALICE Schneidest du ihm die Krusten ab?

ANNA Was willst du?

ALICE Ich will meine Negative.

(ANNA gibt ihr einen großen braunen Umschlag.)

ALICE Was ist dein neustes Projekt, Anna?

ANNA Verlassene Gebäude.

ALICE Wie schön, der Reiz des Häßlichen.

ANNA Was tust du mit Larry?

ALICE Versüß ihm das Leben. Dein Bett gefällt mir übrigens. Ich strippe wieder.

ANNA Ich weiß.

ALICE Du solltest auch mal in den Club kommen und jedem zeigen, was du hast. Larry ist rumgetigert wie n Zombie und jaulte in seinen Aschenbecher. Wir nannten ihn „Happy Larry". Ich finde, das hättst du sehn sollen. Hätte dir vielleicht geholfen, sowas wie n Gewissen zu entdecken.

ANNA Ich weiß, was ich getan hab.

ALICE Sein Hauptstreß im Moment is, was fürn Theater seine Familie macht. Die beten dich ja alle an, die kapiern einfach nich, wieso du alles ruinieren konntest. Er starrt mir stundenlang ins Arschloch, als ob von da die Anwort zu erwarten wäre. Fällt dir was ein dazu, Anna?

(Kurze Pause)

Warum gehst du nicht zu ihm zurück, und wir alle sind wieder glücklich.

ANNA Und Dan käme dann zurück zu dir?

ALICE Wer weiß.

ANNA Frag ihn.

ALICE Ich bin kein Schnorrer.

ANNA Dan hat dich verlassen, ich hab ihn nicht dazu gedrängt.

ALICE Du hast dich verfügbar gemacht, zieh dich da nich raus.

ANNA Larry ficken war ein großer Fehler.

ALICE Klar, ja, Larry ficken alle hier.

ANNA Du bist Dans kleines Mädchen, das wird ihm nicht gefallen.

ALICE Dann behalts für dich, ich glaub, das bist du mir schuldig.

(ANNA sieht weg.)

Du siehst noch scharf aus, wenn du heulst. Die Superfrau.

ANNA JETZT HÖR VERDAMMTNOCHMAL AUF.

ALICE Jetzt reden wir.

ANNA Warum jetzt, warum jetzt über mich herfallen?

ALICE Weil ich mich jetzt stark genug fühle. Fünf Monate hab ich gebraucht, mich davon zu überzeugen, daß du nicht besser bist als ich.

ANNA Es ist kein Wettkampf.

ALICE Genau das ist es.

ANNA Ich will keinen Kampf.

ALICE Dann gib nach.

(Kurze Pause)

Warum hast du das getan?

ANNA *(rigoros)* Ich hab mich in ihn verliebt, Alice.

ALICE Das ist der blödeste Ausspruch, den es gibt. „Ich habe mich verliebt." Als ob du keine Wahl gehabt hättest. Es gibt einen Zeitpunkt, es gibt immer einen Zeitpunkt: Ich kann das tun, ich kann dem nachgeben, oder ich kann dem widerstehn. Ich weiß nicht, wann dieser Zeitpunkt für dich war, aber ich wette, es gab ihn.

ANNA Ja, es gab ihn.

ALICE Du hast dich nicht „in ihn verliebt", du hast der Versuchung nachgegeben.

ANNA Selbst du hast dich in ihn verliebt.

ALICE Nein, ich hab ihn gewählt. Ich guckte in seine Aktentasche, und ich fand dieses... Sandwich... und ich dachte, diesem blöden, langweiligen, bezaubernden Mann, der sich die Brotkrusten abschneidet, will ich all meine Liebe schenken. Ich habe mich nicht verliebt, ich habe mich entschieden.

(Pause)

ANNA Du willst ihn noch, nach allem, was er dir angetan hat?

ALICE Das kapierst du nie, er... begräbt mich.

ANNA Begräbt?

ALICE Er macht mich unsichtbar.

ANNA Wovor versteckst du dich?

ALICE Vor allem. Alles ist Lüge, nichts spielt eine Rolle.

ANNA Blödsinn. Zu simpel, Alice. Das ist Verweigerungshaltung. Sehr zeitgemäß.

ALICE Ja, klar, du bist alt.

(Pause)

ANNA Es tut mir leid. Ich hatte die Wahl, und ich habe selbstsüchtig gewählt. Tut mir leid.

ALICE Selbstsüchtig ist jeder. Ich hab Dan geklaut von... wie hieß sie noch?

ANNA Ruth.

ALICE Die is zusammengeklappt, als er sie verlassen hat.

ANNA Hat sie sich je mit dir treffen wollen?

ALICE Nee, sie hat gefaxt, nicht gekämpft.

(Pause)

Also, was wirst du tun?

ANNA Nachdenken.

(Pause)

Ist Larry nett zu dir, im Bett?

ALICE Okay, Dan ist besser.

ANNA Quatsch, Larry ist wenigstens da.

ALICE Dan ist da, in seiner eigenen ruhigen Art.

ANNA Sie ficken ihr Leben lang und wissen nie zu lieben.

ALICE Dann mußt du Mösen knabbern, Anna.

ANNA *(mißmutig)* Ach, schon passiert.

(Kurze Pause)

ALICE Ich hab eine Narbe an meinem Bein, Larry ist verrückt danach. Er leckt sie wie ein Hund. Fällt dir was dazu ein?

ANNA Dermatologie? Wer weiß. Mit sowas müssen wir uns eben rumschlagen. Wir kommen mit unserm... „Gepäck", und für ne Zeit lang sind sie einfallsreich, sind sie Lastenträger. Wir fragen „Wo ist euer Gepäck?" Davon wollen sie überhaupt nichts wissen, sie sind verliebt, sie haben gar keins. Dann, grad fängst du an, dich zu entspannen, kommt ein riesiger Sattelschlepper mit ihrem Gepäck. Der war aufgehalten worden. Das größte Märchen, das Männer über Frauen verbreiten, ist, daß wir zuviel Gepäck mitnehmen.

(Kurze Pause)

Sie lieben die Gefühle, die wir in ihnen auslösen, aber nicht uns. Sie lieben Träume.

ALICE Wie wir auch. Du solltest deine Ansprüche niedriger hängen.

ANNA Es ist leicht, sowas zu sagen. Ich will nicht überheblich sein, aber du bist ein Kind.

ALICE Du bist überheblich.

ANNA Und du bist ein Kind. Du hörst nicht mal, wie deine Zeit abläuft.

(Pause)

Wer ist „Django“?

ALICE „Django“? Keine Ahnung.

ANNA Davon redet er im Schlaf.

(ALICE lächelt.)

ALICE Ich muß jetzt weg.

ANNA Vergiß die Negative nicht.

ALICE Achso, ja. Danke.

(ALICE gibt ANNA den Umschlag.)

Muß los. Tu das Richtige, Anna.

(ALICE geht weg. ANNA betrachtet den Umschlag.)

BLACKOUT

Zehnte Szene

Larrys Praxis

Später Nachmittag. Dezember 1996

Auf Larrys Schreibtisch: Laptop, Telefon, Newton-Schaukel. Ebenfalls im Zimmer: eine Patientenliege. LARRY sitzt an seinem Schreibtisch. DAN steht, aufgewühlt.

(Schweigen)

LARRY Und...

DAN Ich will Anna wiederhaben.

LARRY Sie hat ihre Entscheidung getroffen.

(Kurze Pause)

DAN Ich muß mich bei Ihnen entschuldigen. Ich habe mich in sie verliebt. Es war nicht meine Absicht, Ihnen Leid zuzufügen.

LARRY *(freundlich)* Wo bleibt die Entschuldigung, du Arsch.

DAN Ich entschuldige mich.

(Pause)

Wenn du sie liebst, läßt du sie gehn, damit sie... glücklich sein kann.

LARRY Sie will gar nicht „glücklich" sein.

DAN Jeder will glücklich sein.

LARRY Depressive nicht. Die wollen unglücklich sein, um ihre Depression zu beglaubigen. Wenn sie glücklich wären, könnten sie nicht mehr depressiv sein, sie müßten hinaus in die Welt und leben, und das kann... deprimierend sein.

DAN Anna ist nicht depressiv.

LARRY Ach, nein?

(Pause)

DAN Ich liebe sie.

LARRY Wau wau, tu ich auch. Du liebst nicht Anna, du liebst dich selbst.

DAN Liegst du falsch, ich liebe mich nicht.

LARRY Doch, tust du, und dir ist Eines klar: Ihr gewinnt – ihr selbstsüchtigen Leute – es ist eure Welt. Schön, was?

(DAN sieht sich in der schicken Praxis um.)

DAN Schöne Praxis. Sie ist zu dir zurückgekommen, weil sie es nicht ertragen kann, daß du leidest. Das weißt du doch. Erzähl du mir nichts von „selbstsüchtig". Dir gehts nicht mal um Anna. Dir gehts um Rache. Du kannst mich verabscheuen, das hab ich verdient, aber laß es nicht sie entgelten. Du weißt nicht, wer sie ist, du liebst sie wie ein Hund seinen Besitzer liebt.

LARRY Und dafür liebt der Besitzer eben den Hund. Gemeinschaft wird immer triumphieren über „Leidenschaft".

DAN Du wirst ihr weh tun. Du wirst ihr nie verzeihen.

LARRY Natürlich verzeihe ich ihr – ohne Verzeihung sind wir Wilde. Du bist weg vom Fenster.

DAN Du hast sie nur durch mich kennengelernt.

LARRY Richtig, danke.

DAN Das is n Witz, deine Ehe mit ihr is n Witz.

LARRY Witze hab ich gern. Hier, ein guter... Sie hat die Scheidungspapiere nie ihrem Anwalt geschickt.

(Pause)

Gegen einen hochfliegenden romantischen Helden wie dich bin ich zweifellos ein bißchen gewöhnlich, aber dennoch bin ich es, den sie gewählt hat. Und wir müssen respektieren, was die Frau will. Wenn du ihr noch einmal zu nahe kommst, versprech ich dir –

(Das Telefon klingelt.)

– bring ich dich um.

(Er nimmt ab.)

(Charmant) Hallo. Äh-hä. Okay.

(Er legt auf.)

Ich habe Patienten.

(LARRY zieht sein Jackett aus.)

DAN Glaubst du, es hat ihr Spaß gemacht, als sie hier war?

LARRY Ich hab sie nicht gefickt, damit es ihr Spaß macht. Ich hab sie gefickt, um dich zu verschrotten. Ein echter Kampf ist niemals stubenrein. Und außerdem, doch, es hat ihr Spaß gemacht, sie ist katholisch, sie schätzt den sündigen Fick.

(LARRY grinst.)

DAN Du bist n Tier.

LARRY Genau, und was bist du?

DAN Glaubst du, Liebe ist einfach und überschaubar? Glaubst du, das Herz entspricht einem Diagramm?

LARRY Schon mal n Menschenherz gesehn? Sieht aus wie eine in Blut getauchte Faust. Geh dich ins Knie ficken... du... AUTOR... du SCHWINDLER. Geh doch n paar Fakten sammeln, während ich mir die Hände dreckig mache.

DAN Sie verabscheut deine Hände, sie verabscheut deine Unbedarftheit.

(Pause)

LARRY Paß auf, die letzte Woche hab ich damit zugebracht, über dich zu quatschen.

(Kurze Pause)

Anna erzählt mir, du hast sie mit geschlossenen Augen gefickt. Sie erzählt mir, du schreist noch immer nach deiner toten Mutti, du Muttersöhnchen.

(Kurze Pause)

Sollen wirs lassen?

(Kurze Pause)

Vorbei. Das wars. Kapiers doch.

(Kurze Pause)

Du hast von Liebe keinen blassen Schimmer, weil du nicht begreifst, was n Kompromiß ist.

(Kurze Pause)

Du kennst nicht mal Alice.

(DAN sieht auf.)

Dank mal an ihre Narbe, wo hat sie die her?

DAN Wann hast du sie getroffen?

(Pause)

LARRY Annas Ausstellung. Du erinnerst dich. Eine Narbe in Form eines Fragezeichens, erklär mir das mal.

DAN Die hat sie seit dem Autounfall ihrer Eltern.

(LARRY zieht aus der Papierrolle ein neue Unterlage über die Patientenliege.)

LARRY Ich glaube, sie hat sich selbst verunstaltet. Das ist ziemlich häufig bei Kindern, die früh ihre Eltern verlieren. Sie bestrafen sich selbst, sie sind verstört.

DAN Alice ist nicht „verstört".

LARRY Klar ist sie das. Du warst so beschäftigt mit deinen großartigen künstlerischen „Empfindungen", daß du nicht wahrnehmen konntest, was du da vor dir hattest. Das Mädchen ist zart und zerbrechlich. Die wollte nicht in ein Buch gesteckt werden, sie wollte geliebt werden.

DAN Woher weißt *du* das denn?

LARRY Medizinische Beobachtung.

(DAN setzt sich, vergräbt den Kopf in seine Hände.)

Heul mir nichts vor.

(Kurze Pause)

DAN Tut mir leid, ich weiß nicht, was ich tun soll...

LARRY Geh zu ihr zurück.

DAN *(zuckt die Achseln)* Sie will mich gar nicht mehr. Sie ist verschwunden.

LARRY Ist sie keineswegs. Ich hab sie gefunden... per Zufall. Sie arbeitet in... einem... Club.

(Kurze Pause)

Ja, ich hab sie nackt gesehn. Nein, ich hab sie nicht gefickt.

DAN Du hast mit ihr gesprochen?

LARRY Ja.

DAN Worüber?

LARRY Dich.

(Das Telefon läutet. LARRY nimmt ab. DAN sieht die Newton-Schaukel.)

Ja. Genau. Eine Minute.

(LARRY legt auf. Er schreibt auf seinen Rezeptblock.)

DAN Wie gehts ihr?

LARRY Sie liebt dich... über jeden Verstand. Hier... deine Verordnung. Da arbeitet sie. Geh zu ihr.

DAN Danke.

(Pause. DAN zeigt auf die Newton-Schaukel.)

Woher hast du das?

LARRY Ein Geschenk.

(Kurze Pause. LARRY klappt seinen Laptop auf, fängt an zu arbeiten.)

Immer noch beim Rumficken im Netz?

DAN In letzter Zeit nicht.

LARRY Dein Buch hat mir übrigens gefallen.

DAN Danke. Du bist der einzige.

LARRY Mit Anna. Ich krieche dir nicht in den literarischen Arsch, aber ich mochte es ganz gern – weil es „menschlich" war (überraschenderweise) und ich von allen inhumanen Sachen die Schnauze voll hab. Alles mit einem „Cyber" davor könnt ich killen.

DAN Im Cyberspace sind wir uns begegnet.

LARRY Und ich wollte dich killen.

DAN Ich dachte, du wolltest mich ficken?

LARRY Werd nicht frech. Du solltest noch eins schreiben.

DAN Hab kein Thema.

LARRY Als ich Neun war... hat mich ein Polizist begrapscht. Es war mein Onkel – ist es noch... Onkel Ted. Netter Kerl, verheiratet, ein teuflisch guter Dartsspieler. Erzähl mir nicht, du hast kein Thema, jedes Menschenleben hat Millionen Geschichten.

(Kurze Pause)

Gott sei Dank währt das Leben nicht ewig – wir würdens nicht überleben.

(Kurze Pause)

Unser Fleisch ist wild, unser Körper wird uns töten, unsre Knochen werden uns überleben.

(Lächelt DAN an)

Schreibst du immer noch Nachrufe?

DAN Ja.

LARRY Viel zu tun?

DAN Ohja, alte Leute sterben im Winter.

LARRY Wir sind die alten Leute, Dan; alte Männer, die ihre Fäuste ballen über die Weiber, wie in einem ausgedienten Ritual. Wir sollten zurück ins Aquarium und Evolution nachholen. Vom Großen Knall zum müden Bums, die Geschichte der Welt.

(DAN lächelt.)

Und wenn Frauen nur eine Minute unser Heimkino sähen, die Scheiße, die uns jeden Tag durchs Hirn schwappt... an unsern Eiern würden sie uns aufhängen, aber echt.

(Pause. Sie sehen sich an. DAN blickt auf die Newton-Schaukel.)

DAN Alice... hat mir so eine geschenkt.

LARRY Tatsächlich?

(Kurze Pause)

DAN Und deine?

LARRY Oh... mein Vater.

DAN Dein Vater?

LARRY Klar, der mag altes Zeug.

DAN Er ist Taxifahrer, oder?

LARRY Genau. *(Zeigt auf DAN, soll heißen: „und deiner")* Lehrer...

DAN Geschichte.

(Pause. LARRY setzt die Kugeln in der Schaukel klickend in Bewegung.)

LARRY Seltsam. Alles, was unsre Eltern uns als gut gepriesen haben, wird uns umbringen... Sonne, Milch, Fleisch... Liebe. Du hättest dich nicht mit Anna einlassen dürfen.

(DAN steht auf.)

DAN Ich weiß, tut mir leid. Dankeschön.

LARRY Wofür?

DAN Fürs Nettsein.

LARRY Ich bin nett. Die Rechnung ist unterwegs.

(DAN geht zum Ausgang.)

Dan...

(DAN dreht sich um.)

Ich hab dich belogen.

(Kurze Pause)

Ich habe Alice doch gefickt.

(Pause)

Tut mir leid, es dir zu sagen. Ich hab einfach nicht... die Größe, dir zu verzeihn.

... Django.

(Schweigen. Sie sehen sich an.)

BLACKOUT

Elfte Szene

Hotelzimmer

Nachts. Januar 1997

DAN liegt auf dem Bett, er drückt seine Zigarette im Aschenbecher aus. ALICE ist draußen im Badezimmer.

ALICE *(von draußen)* Mach mal das Naserümpfen!

(DAN rümpft die Nase in Richtung Badezimmer.)

(Von draußen) BLÖDSINN!

DAN *(lacht)* Es ist Zwei Uhr früh. Du weckst noch das Hotel.

(ALICE kommt in ihrem gestreiften Schlafanzug herein. Sie springt aufs Bett.)

ALICE Fick mich.

DAN Nochmal? Wir müssen um sechs Uhr raus.

ALICE Wie kann ein einzelner Mann so grenzenlos enttäuschend sein?

DAN Das ist mein Charme.

(ALICE liegt in seinen Armen.)

Und... wohin fahren wir?

ALICE Meine Einladung, meine Urlaubsüberraschung, meine Spielregeln.

(DAN kitzelt sie.)

DAN Gib mir n Code.

ALICE New York.

DAN Echt? Toll. Wie lang dauert der Flug?

ALICE Sieben Stunden.

DAN Sieben Stunden lang kann ich nicht fliegen.

ALICE Fliegen tut das Flugzeug. Ich werde dich beschützen.

(Er küßt sie.)

DAN Hast du daran gedacht, meinen Paß einzustecken?

ALICE Logisch, dein Paß ist bei meinem Paß.

DAN Und wo sind die Pässe?

ALICE Wo du nicht gucken darfst. Mein Paßfoto sieht keiner. Heh, wenn wir ins Flugzeug steigen, sind wir seit vier Jahren zusammen. Herzlichen Glückwunsch zum Jahrestag, Django.

DAN Und die... „die Unterbrechung"?

ALICE *(korrigierend)* Probetrennung.

DAN Ich geh mir mal die Augen rausnehmen.

ALICE Putz dir auch die Zähne.

(DAN verläßt das Bett. Er hat Pyjamahosen und ein T-Shirt an.)

DAN Was war in meinem Sandwich?

ALICE Thunfisch.

DAN Welche Farbe hatte mein Apfel?

ALICE Grün.

DAN Rot war er.

ALICE Er war grün. Ich hab ihn gegessen, ich muß es wissen.

DAN Was waren deine ersten Worte zu mir?

ALICE „Hallo, Fremder." Wo kam ich her?

DAN Tanzen, dann Fleischmarkt, dann der begrabene Fluß.

ALICE Der was?

DAN Du gingst auf Blackfriars Bridge, um zu sehn, wo die Fleet rauskommt, das ...schwimmende Schwein...und so weiter.

ALICE Du hast den Faden verlorn, Opa.

(DAN geht hinaus ins Badezimmer.)

DAN *(von draußen)* Und du warst in diesem Park, mit dem Denkmal.

(Kurze Pause)

ALICE Mit wem warst du denn da?

DAN *(draußen)* Meinem alten Vater, als er noch lebte.

ALICE Er hat Eiersandwich gegessen, er hatte Butter am Kinn.

DAN (*draußen*) Wie merkst du dir sowas?

ALICE Mein Hirn ist nicht so vollgestopft mit versifftem Eierkopfmüll. Was war die Beschönigung für dich?

DAN (*draußen*) Zurückhaltend. Und für dich?

ALICE Entwaffnend. War in deinem Pfannkuchen Marmelade oder Pudding?

(DAN kommt herein, er hat jetzt seine Brille auf.)

DAN Keine Ahnung.

ALICE Fangfrage, du hattest ein Teilchen.

DAN Die Fangfrage bist du. Erinnerst du dich an den Arzt?

ALICE Nee... welchen Arzt?

DAN Da war doch ein Arzt. Der gab dir eine Zigarette.

ALICE Nee.

(Pause)

Ich hab keinen Urlaub mehr gemacht seit... nie.

DAN Wir warn doch aufm Land...

ALICE Das zählt nicht, du hast heimtückisch telefoniert mit dieser... „Schickse", von der wir nicht reden.

(Kurze Pause)

DAN Glaubst du, sie sind glücklich?

ALICE Wer?

DAN Anna und... Larry.

ALICE Intressiert mich n Scheißdreck. Pennen?

DAN Ich brauch n Glimmstengel. Wie hast dus bloß geschafft aufzuhören?

ALICE Große innere Festigkeit.

(Pause. DAN streichelt ihr Bein.)

Woher hast du die?

ALICE Du weißt, woher.

DAN Woher?

ALICE Ich bin vom Rad gefallen, weil ich keine Stützen wollte.

DAN Echt?

ALICE Du weißt, woher ichs hab.

(Pause)

DAN Hast dus selbst gemacht?

ALICE Nee.

(Pause)

DAN Zeig mir deinen Paß.

ALICE Nein, ich seh häßlich aus.

DAN Ich will nicht dein Foto sehn.

(Pause)

Wann willst du mit Strippen aufhörn?

ALICE Bald.

DAN Du bist scharf drauf.

ALICE Bestimmt nich. Damit bezahl ich das hier.

(Kurze Pause)

DAN Sag mir, was passiert ist...

ALICE Dan... nicht.

DAN Nichts, was du sagst, kann mich verletzen, ich liebe dich ja. Es ist ungefährlich.

ALICE Nichts ist passiert.

DAN Aber er ist in den Club gekommen?

ALICE Männer sind scharenweise in den Club gekommen. Du selbst bist in den Club gekommen. Mit diesem Blick.

DAN Dein Blick erst mal. Ein Gesicht war das. Und diese Perücke. Ich liebe dein Gesicht... Ich hab dies Gesicht gesehn... dieses Traumbild... und dann bist du auf die Straße getreten. Es war der Augenblick meines Lebens.

ALICE *Jetzt* ist der Augenblick deines Lebens.

DAN Du warst unübertrefflich...

ALICE Bin ich noch.

DAN Weiß ich.

(Kurze Pause)

Auf dem Weg ins Krankenhaus... als dein Kopf „baumelte"... hab ich dir die Stirn geküßt.

ALICE Du Rohling.

DAN Der Taxifahrer sah, wie ich dich küßte... sagte „Gehört sie zu Ihnen?" und ich sagte „Ja... sie gehört zu mir".

(Er küßt sie auf die Stirn, drückt sie an sich.)

Er kam also in den Club, hat dich strippen gesehn, bißchen gelabert, und das wars.

ALICE Ja.

DAN Du vertraust mir nicht. Ich will dich nicht verlassen, ich will dich nie wieder verlassen. Nur, sags mir, damit ichs weiß. Ich will dich verstehn.

ALICE Du verstehst mich doch.

DAN Dann vertrau mir. Wenn du ihn gefickt hast, hast du ihn gefickt, ich wills nur wissen.

ALICE Warum?

DAN *(zärtlich)* Weil ich alles wissen will, weil... ich n Spinner bin.

(Pause)

Sags mir...

(Pause)

ALICE Nichts ist passiert. Du hast mit einer anderen gelebt.

DAN Was willst du rechtfertigen?

ALICE Ich will gar nichts rechtfertigen... Ich sags nur.

DAN Was sagst du?

ALICE Ich sag gar nichts. Bitte mach mir keine Angst.

DAN Ich will nur die Wahrheit.

(DAN verläßt das Bett und zieht sich an.)

ALICE Ich sag dir die Wahrheit.

DAN Du und die Wahrheit sind einander bekanntermaßen fremd. Hast du ihm je ein Geschenk gemacht?

ALICE Nein. Komm ins Bett.

DAN Ich geh mir Zigaretten holen.

ALICE Überall ist zu.

DAN Ich geh zur Station. Bin bald wieder da.

(DAN zieht seinen Mantel an.)

Wenn ich wieder da bin, sag mir bitte die Wahrheit.

ALICE Warum?

DAN Weil ich scharf drauf bin. Weil wir sonst Tiere sind. Vertrau mir, ich liebe dich.

(Er sieht sie an.)

Was ist?

(Pause)

ALICE Ich liebe dich nicht mehr.

DAN Du...es tut mir leid.

ALICE Ich hab das Thema gewechselt, ich – liebe – dich – nicht mehr.

DAN Seit wann?

ALICE Eben. Gerade eben. Geh bitte.

(Sie wühlt in ihrem Rucksack und gibt ihm seinen Paß.)

Ich will nicht lügen, und ich kann dir nicht die Wahrheit sagen, also ist es aus.

DAN Du verläßt mich?

ALICE Ich hab dich verlassen. Ich bin weg. Ich liebe dich nicht mehr. Lebwohl.

DAN Warum sagst du mir nicht die Wahrheit?

ALICE Damit du mich hassen kannst? Ich hab Larry gefickt, oft, es hat mir Spaß gemacht, ich bin gekommen, du bist mir lieber. Jetzt geh.

(Pause)

DAN Das wußte ich. Er hat es mir erzählt.

ALICE Du hast das gewußt?

DAN Ich mußte es von dir hören.

ALICE Wieso?

DAN Er hätte ja lügen können. Deshalb mußte ichs von dir hören.

ALICE Ich hätt es dir nie gesagt, weil ich weiß, daß dus mir nie verzeihst.

DAN Tu ich aber. Habe ich bereits.

ALICE Warum hat ers dir erzählt?

DAN Weil er n Arschloch is.

ALICE Wie konnte er bloß?

DAN Er wollte, daß das hier passiert.

ALICE Aber warum dann mich testen?

DAN Weil ich ein Idiot bin.

ALICE Ja, genau, ich will keinen Idioten mehr lieben. Du hast mich verlassen, Dan. Du bist runter vom Boot. Ich hätte dich ewig geliebt. Jetzt geh, bitte.

DAN Tu das nicht, Alice. Red mit mir.

ALICE Ich red ja, verpiß dich.

DAN Es tut mir leid, du mißverstehst das, ich hatte nicht vor...

ALICE Oh doch.

DAN Ich liebe dich.

ALICE Wo?

DAN Was?

ALICE Zeigs mir. Wo ist diese „Liebe"? Ich kann sie nicht sehn, ich kann sie nicht anfassen, ich kann sie nicht spüren. Ich kann sie hören, ich kann ein paar Phrasen hören, aber ich kann mit deinen abgedroschenen Phrasen nichts anfangen. Also... bitte, verschwinde.

DAN Hör mir zu, bitte...

ALICE Egal, was du sagst, es ist zu spät.

DAN Bitte tu das nicht...

ALICE Schon passiert. Bitte, geh, oder ich rufe...die Sicherheit.

DAN Du bist hier nicht im Strip Club. Hier gibts keine Sicherheit.

(Sie versucht, zum Telefon zu greifen. DAN wirft sie aufs Bett. Sie ringen.)

ALICE Was willst du jetzt machen? Mich schlagen? Mich vergewaltigen? Mich umbringen?

DAN Warum hast du ihn gefickt?

ALICE Weil ich wollte.

DAN Warum?

ALICE Ich hatte Verlangen nach ihm.

DAN Warum?

ALICE Weil du nicht da warst.

DAN Warum ihn?

ALICE Er hat mich freundlich gebeten.

DAN Du lügst.

ALICE Achja?

DAN Wer verdammtnochmal bist du eigentlich?

ALICE Ich bin niemand.

(ALICE spuckt ihm ins Gesicht, er packt sie an der Gurgel, mit einer Hand.)

Na los, schlag mich. Das willst du doch. Schlag mich, du Arschloch.

(Schweigen)

(DAN schlägt sie.)

(Schweigen)

(Sie starrt ihn an. Er sieht weg.)

ALICE Hast du auch nur einen einzigen eigenen Gedanken in deinem Hirn?

BLACKOUT

Zwölfte Szene

Postman's Park

Nachmittag. Juni 1997

Ein Sommertag. ANNA betrachtet das Denkmal. Sie hat ein Handbuch bei sich. LARRY steht da mit seinem weißen Kittel in der Hand. Er hat zwei Plastikbecher mitgebracht. Er beobachtet sie. Sie dreht sich um.

ANNA Spion.

(Kurze Pause)

Du hast den Kittel...

LARRY Ja, genau.

ANNA Den weißen Kittel.

LARRY Ich bin Larry, der Arzt.

ANNA Hallo, Doktor Larry.

(LARRY reicht ANNA einen Becher.)

Danke. Hast du diese Tafeln gelesen?

(Sie schlendert zurück zum Denkmal. LARRY setzt sich auf eine Parkbank und zündet sich eine Zigarette an.)

LARRY Ohja, ich wußte, das gefällt dir.

ANNA *(liest)* Elizabeth Boxall, aus Bethnal Green...starb an ihren Verletzungen nach dem Versuch, ein Kind vor einem durchgegangenen Pferd zu retten. 20.Juni 1888.

(Pause)

Was macht Polly?

LARRY Polly ist wunderbar.

ANNA Mir war immer klar, daß du bei einer hübschen Krankenschwester landest.

LARRY Ach? Wieso?

ANNA Hab ich einfach so gedacht. Ist sie...diejenige welche?

LARRY Keine Ahnung...nein. Jeder lernt dazu, keiner ändert sich.

ANNA Du änderst dich nicht.

(Pause)

LARRY Du...bist mit jemandem zusammen?

ANNA Nein. Ich hab einen Hund.

LARRY Ach? Was für einen?

ANNA Promenadenmischung, sie ist ausgerissen. Ich hab sie von der Straße, ohne Halsband, ohne alles.

(Kurze Pause)

Genau gesagt... ich bin mit niemandem zusammen, aber ich hab eine kleine Verabredung.

LARRY Mit wem? Den leg ich um.

ANNA Er ist Veterinär.

LARRY Siehste, den Medizinern entgehst du nicht.

(Kurze Pause)

Du siehst phantastisch aus.

ANNA Fang gar nicht erst an.

LARRY Ich würd gern mit dir. Ehrlich.

ANNA Verpiß dich und verreck, du verkorkste Hure.

(ANNA lächelt.)

LARRY Das hab ich dir nie erzählt...als ich ins Badezimmer marschierte... „in jener Nacht" – ein zerkleinerter Riese – knallte ich mit dem Knie gegen den ausladenden Rand deiner gußeisernen modischen Wanne. Das verdammte Badezimmer hat mich hinterhältig angegriffen. Während du im Wohnzimmer heultest, hopste ich da drin im Todeskampf herum. Der Spiegel hatte einen Festtag.

(Kurze Pause)

Ich hoffe, es geht dir gründlich daneben mit deinem wetterfesten Veterinär.

ANNA Da bin ich mir sicher.

(Kurze Pause)

LARRY Was macht die Arbeit?

ANNA Ich leg grad eine Pause ein. Ich bring den Hund zu meinen Eltern, wir wollen lange Spaziergänge machen.

(Pause)

LARRY Werd nicht...zum Trauerkloß.

ANNA Werd ich nicht. Bin ich nicht. Verpiß dich.

(Er sieht sie an.)

LARRY Vergeude deine Liebe nicht an einen Hund.

ANNA Du wolltest sie ja schließlich nicht. Immer gibt es eine Jüngere.

(Schweigen. Sie blicken auf das Denkmal.)

LARRY Wie ist sie gestorben?

ANNA Keine Ahnung. Er hat nur gesagt, daß sie gestern Nacht in New York gestorben ist. Er fliegt heute rüber, und er wollte uns vorher sehen.

LARRY Also waren sie nicht zusammen?

ANNA Nein, sie haben sich im Januar getrennt.

LARRY Wie hat man ihn gefunden?

ANNA Vielleicht hat sie seinen Namen in ihren Paß geschrieben, als nächsten Angehörigen. Du stehst immer noch in meinem, für den Todesfall. Ich muß dich entfernen.

(Pause)

Bist du froh, daß du wieder hier bist?

LARRY Soweit. Naja, Polly hat sich geweigert, Sex mit mir zu haben, wenn ich nicht die Privatpraxis aufgebe. Was soll ein Mann da machen?

(Pause. ANNA liest in ihrem Handbuch, sieht auf.)

ANNA Wer hat die hier angebracht?

LARRY George Frederick Watts.

ANNA Der Künstler?

LARRY Ja, das ist das Watts Denkmal.

ANNA Nein, ich meine, glaubst du, die Familien haben die Tafeln angebracht?

LARRY Nehm ich an. Wie man Blumen an den Weg legt. Menschen brauchen Erinnerung. Dadurch erscheint alles weniger... sinnlos.

(Pause)

Eigentlich kann ich das Denkmal nicht ausstehn.

ANNA Wieso?

LARRY Das sentimentale Werk eines viktorianischen Menschenfreunds: An die Toten erinnern, die Lebenden vergessen.

ANNA Du bist n aufgeblasener Affe.

(Kurze Pause)

LARRY Und du bist eine unverbesserliche Romantikerin.

(Kurze Pause)

Schlag doch mal Alice Ayres nach.

ANNA Das ist abscheulich, Larry.

(LARRY nimmt das Buch. Er findet die Seite.)

LARRY *(liest)* „Alice Ayres, Tochter eines Maurergehilfen, rettete durch ihr unerschrockenes Verhalten drei Kinder aus einem brennenden Haus in der Union Street, Borough, unter Einsatz ihres eigenen jungen Lebens. 24. April 1885."

(Pause)

Sie hat sich neu erfunden.

War er ein guter Künstler?

ANNA Eigentlich nicht. Zu... romantisch.

LARRY Ich bin nicht herzlos, aber ich hab ne Menge Patienten zu versorgen. Entschuldige mich bei Dan. Ich bin nicht gut im Trauern.

ANNA Du bist n Feigling.

LARRY Weiß ich.

(Pause. ANNA betrachtet das Denkmal.)

ANNA Denkst du noch an mich?

(Sie sehen sich an. DAN kommt mit dem in der Fünften Szene gesehenen Koffer und einem Strauß Blumen.)

DAN Ich kam nicht von der Arbeit weg, Entschuldigung.

LARRY Dan... ich muß...

DAN Schon gut...

(LARRY geht.)

DAN *(zu ANNA)* Gut siehst du aus.

ANNA Mir gehts auch gut.

(DAN blickt zum Denkmal.)

Dan...

(Sie lädt ihn zum Sitzen ein.)

DAN Hier haben wir gesessen.

ANNA Wer?

DAN Ich und mein Vater, hab ichs dir nicht erzählt?

ANNA Nein, falsche Braut, du hast es Alice erzählt...

DAN Jane, sie hieß Jane Jones. Die Polizei hat mich angerufen... sie haben gesagt, daß jemand, den ich kenne, mit Namen Jane, gestorben sei... sie hätten ihr Adreßbuch gefunden. Ich sagte, das müsse ein Irrtum sein... sie mußten sie erst beschreiben...

Es gibt niemanden, der den Körper identifizieren kann...

Sie wurde von einem Auto überfahren...Dreiundvierzigste Ecke Madison.

Ich weiß nicht, ob sie...

Ich bin heute zur Arbeit gegangen... Ich wollte so tun, als ob alles wie immer wäre. Graham sagte „Wen haben wir auf der Pfanne?" Ich bin zum Notausgang raus und heulte nur wie ein Baby. Ich hab mein Gesicht verborgen... warum tun wir das?

Ein Mann aus dem Finanzministerium war gestorben. Ich hab den ganzen Tag an seinem Nachruf geschrieben.

Das Telefon klingelte. Es war die Polizei... die haben gesagt, es gibt keine Eintragung über den Tod ihrer Eltern... sie haben gesagt, sie versuchten, sie ausfindig zu machen...

Ihre Narbe... sie ist vom Rad gefallen.

Sie hat gesagt, sie hat sich in mich verliebt, weil... ich mir die Krusten abschneide... aber es war bloß... das war nur an diesem Tag... weil das Brot in meinen Händen zerbröckelte...

(Pause)

Letzte Woche bin ich Ruth in die Arme gelaufen. Sie ist verheiratet, ein Kind, das zweite unterwegs. Sie hat einen spanischen Dichter geheiratet.

(Er verzieht das Gesicht.)

Sie hat sein Werk übersetzt und sich in ihn verliebt. Sich verliebt in eine Sammlung Gedichte. Weißt du, wie die heißen? »Einsamkeit«.

(Sie lachen. DAN hält sich an den Blumen fest.)

Die muß ich auf Blackfriars Bridge niederlegen. Ich muß gehn, ich verpaß noch den Flieger.

(Sie stehen. Sie sehen sich an. Pause)

Lebwohl.

ANNA Ja. Lebwohl.

(Sie gehen getrennt ab.)

LICHT LANGSAM WEG

Anmerkungen des Herausgebers

Im Mai 1997 wurde »Closer« von Patrick Marber in London uraufgeführt und war dort anderthalb Jahre lang zu sehen. Die Deutschsprachige Erstaufführung an den Münchner Kammerspielen steht seit Februar 1998 (natürlich nicht en suite, wie in London) auf dem Spielplan, und zugleich wird »Hautnah« in Essen und Berlin, in Zürich und Wien, in Landshut, Heidelberg, Braunschweig und Mannheim gespielt. 1999 folgen Bremen und Köln, Hamburg und Kassel, Karlsruhe und Freiburg, Bielefeld und Tübingen, eine Tournee wird in Koproduktion mit dem Volkstheater Wien starten, weitere Planungen reichen ins Jahr 2001. Dieser Erfolg des zweiten Stückes eines nicht einmal 35jährigen Autors ist ungewöhnlich.

Patrick Marber wurde in London geboren, wuchs in Wimbledon auf, studierte in Oxford. Nach vier Jahren als Stand-up-comedian ging er 1991 nach Paris, bis der sprichwörtlich entscheidende Anruf kam, ob er als Autor und Darsteller an einer neuen Serie für Radio 4 mitarbeiten wolle. Seine Arbeit wurde preisgekrönt, eine nächste Serie ins Fernsehen übernommen, Marber als Autor und Darsteller unter anderem mit dem British Comedy Award ausgezeichnet. Jetzt schrieb Marber Drehbücher, darunter »After Miss Julie« nach Strindberg, und verfilmte sie für die BBC.

Seine erste Regiearbeit galt seinem ersten Theaterstück, »Dealer's Choice« (auf deutsch von Bernd Samland: »Poker«), entwickelt und uraufgeführt am National Theatre, London, zur Besten Komödie des Jahres 1995 gekürt und in Melbourne, Zürich, New York, Chicago, Wien und Los Angeles nachgespielt. Noch mehr Preise erhielt Marber für sein zweites Theaterstück, »Closer«, ebenfalls in eigener Regie am National Theatre uraufgeführt. Es kam zuerst am »Cottesloe« heraus, im kleinen Haus des National Theatre, wechselte des Erfolges wegen ins größere Haus, ins Lyttelton Theatre, und ging schließlich ins West End.

Mit den Häusern hat mehrfach auch die Besetzung von Marbers »Closer«-Inszenierung gewechselt, denn für das »Cottesloe« engagierte Schauspieler hatten inzwischen andere Verpflichtungen zu erfüllen. Und mit neuen Schauspielern auf anderer Bühne arbeitete Marber immer wieder neu an seinem Text, so daß die englische Buchausgabe von

1997 bei »Methuen Drama« vielfach nicht mehr mit dem von Marber kontinuierlich geänderten Text übereinstimmt.

Die hier vorgelegte deutschsprachige Buchveröffentlichung von »Hautnah« entspricht der letzten Textgestalt, wie sie der Autor auf der Bühne erprobt hat, und ist bis ins Detail mit ihm abgestimmt worden.

Zur Zeit bereitet sich Marber auf seine Inszenierung von »Closer« am Broadway vor. Aus der Erfahrung mit diesem Publikum mögen sich weitere Änderungen ergeben, die aber nicht unbedingt auf europäische Verhältnisse zu übertragen sind. So wurden auch nicht sämtliche Änderungen, die sich in der englischen Aufführungspraxis ergeben haben, in die deutschsprachige Fassung übernommen. In einigen wenigen Passagen hat die bisherige Aufführungsgeschichte von »Hautnah« bei uns andere Publikumsreaktionen hervorgerufen.

Als Theatermensch versucht Patrick Marber vergessen zu machen, daß seine Aufführung auf das geschriebene Wort eines Autors zurückgeht. In einem nie beendeten Arbeitsprozeß nimmt er seinem Text weg, was dem Publikum erklären könnte, wie es das Stück und seine Figuren zu verstehen hat. Damit will er erreichen, daß die Zuschauer sich nach der Vorstellung über die Personen des Stücks unterhalten und nicht über die Haltung des Autors zu ihnen. Marbers knapper Dialog, der jedes Füllsel ausspart, wird dadurch noch nackter und härter, ohne jedoch aggressiv zu sein oder Sprachlosigkeit annoncieren zu wollen. Denn Marber ist nicht unter jene radikalen britischen Jungdramatiker einzureihen, die sich unverhofft bestaunt sehen von deutschen Theaterleuten, denen nicht klar war, daß Bühnentexte auch von lebenden Zeitgenossen verfaßt werden können. Mit den theatralischen Protestausbrüchen der Thatcher-Generation haben seine schnellen Satz-für-Satz-Dialoge nichts zu tun, obgleich auch er in seinem ersten Stück, »Poker«, Menschen zeigt, die vor der Wirklichkeit fliehen, um leben zu können. Marber bewegt sich in der Welt, die ihn selbst umgibt und an der er persönlich teilhat.

Marbers Formwille knüpft bei Harold Pinter an und noch deutlicher bei David Mamet, dessen letztes Stück, »The Old Neigborhood« (»Aus der Alten Welt«) er in diesem Jahr in London inszeniert hat. Bezeichnenderweise ist auch Mamet zugleich Theater- und Filmemacher, der von den Figuren her denkt, ohne seine dramaturgische Klugheit einzuschränken. »Hautnah« erweckt den Eindruck, als hätte Marber Mamets Methode, mit jedem gesprochenen Satz auf dessen Subtext zu verweisen, auf die Stückstruktur selbst übertragen. „Äußerlich" schrieb zutreffend Alastaire Macaulay in der »Financial Times«, „wirkt »Hautnah« spritzig, großstädtisch, obszön, witzig, modern, zitatverdächtig, schick und gekonnt; aber unter der Oberfläche erweist es sich als tief empfunden, quälend, traurig und weise".

Marbers »Hautnah« ist ein Diagramm der Empfindungsirritationen und Beziehungspraktiken seiner Generation, virtuos mit den bühnenwirksamen Mitteln der Komödie erstellt. Aber die Komik der aus Alltagsbanalitäten bezogenen Fabel ist rührend, weil sie Tragik hat. Das eigene, subjektive Werturteil wird als genauso wenig verläßlich erfahren wie irgendein gesellschaftlicher Kodex, an dessen Stelle es getreten ist. Hautnah bekommen die vier Personen ihre Fremdheit in der eigenen Lebensgeschichte zu spüren, die der Autor in hautnah sitzenden Dialogen entwickelt, deren Kompromißlosigkeit unter die Haut geht.

Köln, im Dezember 1998 *Helmar Harald Fischer*

Theater & Medien Verlag

Tennessee Williams

Orpheus steigt herab
Treppe nach oben

JUSSENHOVEN & FISCHER

DIE THEATERREIHE Bd. 8